우리는 운명 공동체예요.
We're a destiny collective.

재의 마녀 일레이나

마법사 최고위인「마녀」의 칭호를 가졌다. 견문을 넓히기 위해 세계를 여행하고 있다.

©Azure

에키나

소도시 아스티키토스에
사는 부유층.
수입품을 관리하는 담당자.

호반의 마녀
카롤리네

달빛의 이힐리어스를 섬기는 마녀.
모험가, 발명가이기도 한 재원.

©Azure

세나

천칭의 나라 바스카에 사는 여성.
「단죄인」이라는
특수한 직업을 가졌다.

크레타

소도시 아스티키토스의
치한을 지키는,
「보안국」의 신입 직원.

나는 지금
너의 솔직한 감상을 원해

스승님이 무얼 원하는 건지
모르겠습니다

빗자루 두 개가 평원을 나란히 날고 있었습니다.
저와 스승님 사이로 차가운 바람이 스쳐 갑니다.

마녀의 여행 14
THE JOURNEY OF ELAINA
CONTENTS

마녀의 여행

THE JOURNEY OF ELAINA

14

Shiraishi Jougi

시라이시 죠우기

Illustration

아즈루

커버 및 본문 일러스트　아즈루

여행자 레스토랑.

이 근방 나라들을 여행하는 자라면 이 레스토랑의 이름을 본 적이 없는 자는 없으리라. 나라 안, 문 근처에 반드시라고 해도 좋을 만큼 가게를 갖고 있는 이 레스토랑은 여행자와 상인들에게 가장 이용하기 편한 휴식처였다.

가게 문을 열었다.

어서 오세요라며 종업원이 계산대 너머에서 내게 고개를 숙이고, 편한 자리에 앉으세요라며 드문드문 자리가 채워진 가게 안을 가리켰다.

편한 자리에 앉으세요라는 것은 말 그대로의 의미였다.

이 여행자 레스토랑은 비어 있는 자리든 누군가가 앉아 있는 자리든, 편한 자리에 마음대로 앉아도 된다.

이곳에 온 손님은 여행자와 상인과 모험가 등, 나라에서 나라를 오가는 것을 생업으로 삼는 나그네가 대부분이다.

이 가게는 식사를 하며 손님끼리 정보를 교환하는 것을 목적으로 삼고 있다.

상인과 여행자에게 있어 정보는 바로 목숨줄이었다. 위험한 나라와 지역의 정보나, 혹은 새 유행과 풍습이 있는 나라의 이야기는 가장 빠르게 구하고 싶은 것이다.

그런고로 여행자와 상인들은 정보를 찾아서 이 가게에 모이고,

그리고 여행자와 상인이 많이 모이면 사람은 더욱 모여들게 된다.

대부분의 나그네는 굶주려 있는 것이다.

재미있는 이야기와 새로운 사건에.

자극에 굶주려 있는 것이다.

가게 안을 둘러보면 테이블 석에서 마주 앉아 이야기를 하면서 음식을 먹고 있는 자를 여럿 볼 수 있는데, 그들 대부분이 아마도 초면일 터였다.

나는 테이블 석 중 하나에 앉았다.

이 가게는 자리에 앉으면 근처에 앉은 누군가가 말을 걸어온다.

"──안녕하세요. 혼자 오셨나요?"

그래서 이렇게 한창때의 여성이 나 같은 혼자 방문한 나이 든 상인에게 말을 걸어오는 일도 그리 드물지도 않다.

상인 일을 한 지 어언 40년.

이 여행자 레스토랑에서 몇 번이고, 셀 수 없을 만큼 있었던 광경이다.

40년 전에도, 20년 전에도, 지금도 변함없이, 나는 혼자서 이 가게를 찾고 있다.

내가 그녀에게 고개를 끄덕이자, 그녀는 "이야기를 나눠도 괜찮을까요?" 하고 묻더니, 자신의 잔과 접시를 테이블 위에 올려놓고는 내 맞은편에 앉았다.

그녀의 잔에는 물, 그리고 접시에는 여러 개의 빵과 명색뿐인 소시지가 곁들여져 있었다.

이 가게는 뷔페 형식이다. 정해진 금액으로 요리도 술도 원하는 만큼 만끽할 수 있어서 돈이 없는 여행자의 대부분은 이 가게에서 싸구려 고기를 감사히 여기며 접시에 그득하게 담는 것이다. 내 맞은편에 앉은 여자처럼 소박한 것으로 식사를 끝내기에는 아까울 정도의 금액을 지불하니 말이다.

그러니 맞은편 자리의 그녀는 다소의 낭비 따위는 신경도 쓰지 않을 정도로 돈을 갖고 있든가, 아니면 둘도 없을 만큼 빵을 좋아하든가, 둘 중 하나이리라.

"실은 저, 최근 재미있는 나라의 정보를 독자 루트로 구해서 말이죠──."

의기양양한 표정으로 이야기하는 그녀.

머리카락은 잿빛. 검은 로브를 차려입고, 유리색 눈동자는 나를 바라본다.

가슴께에는 별을 본뜬 브로치가 있었다. 아무래도 마녀인가 보다.

"호오."

독자 루트가 어떠한 것인지는 모르겠지만, 자신 넘치는 표정으로 보아 그 정보가 상당히 유익한 것이리라고 추측할 수 있었다.

그러나, 하지만 이런 표정을 지으며 말을 걸어오는 인간의 약 절반이 밑도 끝도 없는 엉터리 같은 말을 퍼뜨리고 다니고, 게다가 돈을 뜯는 악인이라는 것도 덧붙여두고 싶다. 경험담이다.

그녀는 어느 쪽일까.

그녀는 주변에 들리지 않도록 목소리를 낮추며 이야기했다.

"실은 그 나라, 얼마 전까지는 그렇지도 않았었는데, 지금은 주변 어느 나라보다도 멋지고 아름다운 나라라서 말이죠──."

"과연."

바로 수상쩍어지기 시작했는데…….

그녀는 손짓, 발짓을 해가며 이야기했다.

"구체적으로 어떻게 멋진지는 이야기하기 좀 어렵지만, 아무튼 대단한 나라라서 말이죠──."

"과연."

내용도 얄팍한데…….

그야말로 수상쩍은 분위기로 범벅이 된 이야기였다. 그러나 나는 귀를 기울였다.

대부분의 나그네는 굶주려 있는 것이다.

재미있는 이야기와 새로운 사건에.

자극에 굶주려 있는 것이다.

그것이 진짜든 가짜든, 흥미는 잃지 않는 것이다.

그리고 그녀는 말했다.

"그 나라의 이름은──."

"당신, '이야기의 나라'라는 나라를 알고 있으려나?"

제가 어느 나라의 여행자 레스토랑이라는 가게에서 식사를 하던 때의 일입니다.

근처 자리에 앉아 있던 남성이 훌쩍 제 옆까지 찾아와서 그러한 질문을 던져왔습니다.

제가 모른다고 대답하자, 그는 매우 놀란 모습으로 "그렇게 멋진 나라를 모르다니! 괜찮다면 '이야기의 나라'의 이야기를 가르쳐줄까?" 하고 제안을 했습니다.

여기서 남성이 말하는 '이야기의 나라'의 이야기는, 매우 기묘했습니다.

"──이야기의 나라에 간 사람은 누구나 행복해질 수 있다고해. 전에 내 친구의 친구도 그 나라에 간 적이 있는데, 그 이후로 돌아오지 않게 되어버렸지 뭐야. 너무나도 훌륭한 나라인 탓에 이제 이야기의 나라에 홀딱 반했나 보더군. ……이건 내 친구의 친구가 나한테 보내준 일기인데, 괜찮다면 읽어보지 않을래?"

말하면서 남자는 소책자를 제게 건넸습니다.

얄팍한 종이를 넘기며 읽어보니, 확실히 '이야기의 나라'를 매우 칭찬하는 문장이 끝없이 적혀 있었습니다. 거리가 아름답다든가, 사람들이 친절하다든가, 그러한 추상적인 말이 대부분을 차지하고 있었습니다. 혹은 "내 지인은 전에 아내와 헤어지고 불행

7

의 구렁텅이에 빠져 살았는데, 이야기의 나라에 가서 행복한 인생을 되찾았다" 같은, 타인의 체험담까지 적혀 있었습니다. 아무튼 뭔가 매우 멋진 나라라는 것만큼은 확실한가 봅니다. "과연" 이 나라에 가면 사람은 꿈같은 날들을 보낼 수 있나 보군요.

제가 고개를 끄덕이자 남성은 "방금 본 대로 멋진 나라야"라며 고개를 끄덕였습니다.

그런데 이 나라는 어디에 있는 겁니까? 하고 묻자, 남성은 "글쎄? 어디에 있으려나" 하고 의미심장한 느낌으로 고개를 기울이면서 "참고로 이 소책자는 아주 일부고, 실은 내 친구의 친구는 그 이외에도 몇 가지 책자를 보내줬거든"이라며, 혹시 그걸 읽으면 어디에 있는지 알 수 있을지도 모르겠네 하고 수상하게 웃었습니다.

저는 남성이 말하는 대로 그에게서 책자를 구입했습니다.

남성이 말하는 '이야기의 나라'의 이야기는 매우 기묘한 것이었습니다.

저는 전부터 이 이야기의 나라 이야기를 여러 나라에서 들었습니다만.

그러한 나라는 어디를 찾아도 전혀 보이지 않았으니까요.

○

처음 이야기의 나라 이야기를 들은 것은 한 달 정도 전의 일이었을까요?

제가 어느 나라에 입국한 직후의 일. 나라의 입구 근처에서 "어서 오세요! 여기는 여행자 레스토랑! 여행자 여러분, 꼭 들러주세요!" 하고 목소리를 높이는 점원분의 모습을 발견했습니다.

세상에, 여행자 레스토랑이라니 이 얼마나 멋진 이름인가요── 저는 하느작하느작 점원분의 목소리가 이끄는 대로, 깨닫고 보니 가게 안에 있었습니다.

아무래도 이 여행자 레스토랑이라는 곳은 뷔페 형식의 레스토랑인지, 가게 안 중앙에는 길고 긴 테이블이 놓여 있었고, 그리고 크루아상과 토스트와 머핀을 비롯해 오믈렛과 소시지와 샐러드와 베이컨, 햄버그 등등 온갖 요리가 쭉 차려져 있었습니다.

여기는 꿈의 세계인가요……?

저는 춤추는 듯한 발걸음으로 룰루랄라 접시를 손에 들고, 많은 요리 중에서 원하는 만큼 접시에 담고, 신이 나 자리에 앉았습니다.

"어머…… 당신, 상당히 식사를 특이하게 하네……."

잠시 그렇게 식사를 하고 있으려니, 제 자리 앞을 지나가던 한 여성이 테이블에 놓여 있는 음식들을 보고 눈을 휘둥그레 떴습니다.

"이런. 누구신지는 모르지만 안 줄 겁니다."

"필요 없거든. 아니, 어차피 뷔페고……."

참고로 제 테이블에는 크루아상과 토스트와 머핀을 비롯해 베이글과 샌드위치 등등의 온갖 빵 종류가 놓여 있었습니다. 여기는 꿈의 세계인가요?

여성은 조금 어처구니가 없다는 반응을 보이며, 말했습니다.

"그나저나, 당신 이 가게의 규칙은 알고 있어?"

어라? 규칙?

"혹시 빵만 먹는 건 규칙 위반이었나요……?"

벼락이라도 맞은 듯한 충격을 받는 저.

"아니, 그건 아닌데……."

그리 말하며 고개를 천천히 젓고, 여성은 여행자 레스토랑 초심자인 저에게 가르침을 주었습니다. 말하길 이 여행자 레스토랑은 이 근교의 나라들 문 옆 여기저기에 있는 뷔페 형식의 레스토랑으로, 그 이름과 선전 문구대로 이용하는 손님의 대부분은 여행자라고 합니다. 이 레스토랑에서는 좌석을 지정하지 않으며, 손님끼리 자유롭게 왕래해도 괜찮다고 합니다.

무얼 위해 그런 규칙이 만들어졌는지는 물을 것까지도 없습니다.

이름도 모르는 여행자끼리 식사를 하면서 모여 앉아 이야기를 하는 이유 같은 건 정해져 있습니다.

"……즉, 손님끼리 정보 교환을 하게 하는 가게라는 겁니까?"

여성은 "눈치가 빠르네"라며 고개를 끄덕이고 "그런데 여기 자리는 비었어?"라고 물었습니다.

"그럼요. 앉으세요."

하지만 빵은 안 줄 겁니다라고 말하며 저는 그녀를 맞은편 자리에 맞아들였습니다.

그렇게 자리에 앉은 그녀와는 세상 돌아가는 이야기를 나누면서, 주변에 어떤 나라가 있는지, 어떤 재미있는 나라가 있는지를 서로 알려주었습니다.

　이야기의 나라 이야기를 처음 들은 것은 바로 그때였습니다.

　"――이건 말이지, 재미있는 나라라기보다도 무서운 나라 이야기인데, 알아? 이야기의 나라라는 나라가 이 나라에서 멀지 않은 곳에 있다나 봐."

　목소리를 낮추고, 그녀는 소곤소곤 이야기의 나라 이야기를 들려주었습니다.

　"실은, 얼마 전에 내 친구의 친구가 그 나라에 갔었나 본데, 이야기의 나라가 어찌나 무서운지 마음에 문제가 생겼대."

　"어머나."

　그것참 큰일이군요라며 저는 우물우물.

　"실제로 어떤 체험을 했는지까지는 잘 모르지만―― 이걸 좀 볼래?"

　여성은 말하며 제게 책자 한 권을 건넸습니다. 보니, 거기에는 이야기의 나라에서 한 체험이 얼마나 무서웠는지 극명하게 적혀 있었습니다.

　――너무나도 무서워서 나의 체재는 고작 이틀 만에 끝나고 말았다.

　――어떠한 체험을 했는지는 내 입으로 말할 수 없다. 나보다 오래 체재했던 사람이 그 체험을 가족에게 이야기했을 때, 일가가 그대로 행방불명이 된 사례가 있기 때문이다.

　등등. 아무튼 너무 무서운 체험을 했다, 라는 사실만이 줄줄이 적혀 있었습니다.

"이야기의 나라에 관해서는 모르는 게 많지만, 아무튼 조심하는 편이 좋아."

여성은 심각한 표정을 지으며 저를 바라보았고, 그리고.

"그런데 실은 이 책자는 극히 일부거든. 이야기의 나라에 관한 책자는 이것 말고도 있어. 괜찮다면 사지 않을래?"

"…………."

저는 얄팍한 책자를 넘기면서 귀를 기울였습니다. 그녀는.

"혹시 당신도 깜빡하고 잘못해서 이야기의 나라에 가버릴지도 모르잖아. 그러니까, 어때?"

속는 셈 치고 사줄래? 하고 여성은 말했습니다.

"흐으음……."

저는 얄팍한 책자를 잠시 넘긴 다음.

"뭐, 좋습니다."

사겠습니다. 하고 고개를 끄덕였습니다. 확실히 이 이야기의 나라의 이야기가 사실이라면, 그러한 나라에 깜빡하고 들어가는 일만큼은 피해야만 하니까요.

"우후후후. 구매 감사."

여성은 매우 기뻐하며 책자를 제게 건네주었습니다.

"그런데, 당신 이름은?"

"일레이나입니다."

저는 대답했습니다.

"일레이나, 라. 기억했어."

돈을 주고받는 중에 그녀는 줄곧 생글생글 웃고 있었습니다.

근교의 나라에서 여행자 레스토랑이라는 가게는 여럿 눈에 띄었습니다. 이제 입국한 직후에 문 옆에서 예의 레스토랑을 보지 못한 적이 없을 정도였습니다. 여행자 레스토랑은 이 지역 여행자들에게 사랑받고 있나 봅니다.

　"좁은 지역에 몰려 있는 건 그다지 의미 없을 것 같은 기분입니다만……."

　정보가 같은 장소 안에서 빙글빙글 계속 돌고 있을 뿐이지 않은가요? 새로운 정보 같은 게 들어오기는 하는 겁니까? 하고 고개를 갸웃거리게 됩니다.

　그렇다고는 해도, 여행자로서는 이 여행자 레스토랑만큼 정보 수집에 탁월한 가게는 없을 거라고 생각되는지라, 결국 나라에서 나라를 오갈 때마다 저는 여행자 레스토랑으로 걸음을 옮겼습니다.

　"——어라, 아가씨. 너는 이야기의 나라라는 나라를 아나?"

　"——당신, 여행자? 어디서 왔어? 그런데 이야기의 나라라고 알아?"

　"——안녕. 날씨가 좋네. 이런 좋은 날에 너같이 귀여운 아이와 만나다니 나는 정말로 행복한 사람이야! 그런데 이야기의 나라라고 알아?"

　"——거기 너. 뭘 보는 거야? 해보자는 거냐? 으엉? 그런데 이야기의 나라라고 아냐?"

　그런데 신기한 일입니다만, 이 여행자 레스토랑에 방문하면 방문할수록 저는 이야기의 나라 이야기를 듣게 되었습니다.

어떤 사람은 이야기의 나라를 "아주 멋지고 꿈 같은 날들을 보낼 수 있는 나라"라고 소개했습니다.

어떤 사람은 이야기의 나라를 "어떤 사람이라도 반드시 떠받들어 주는 나라"라고 소개했습니다.

어떤 사람은 이야기의 나라를 "입국한 순간 불행의 구렁텅이에 빠지는 최악의 나라"라고 소개했습니다.

어떤 사람은 이야기의 나라를 "어떤 사람이든 반드시 마음에 병이 생기고 마는 끔찍한 나라"라고 소개했습니다.

좋은 의미는 극단적으로 좋고, 나쁜 의미는 극단적으로 나쁘다. 각각의 체험담에 공통된 것은 "이런 나라는 지금까지 가본 적이 없다!"라는 경악뿐.

극단적으로 좋은 건지, 아니면 극단적으로 나쁜 건지. 어느 쪽인지는 모르겠지만, 아무튼 특수한 나라인가 봅니다.

그럼 이 나라는 대체 어디에 있는 것일까요?

저는 이야기를 들을 때마다 물었습니다.

그러면 그들은 마치 그 말을 기다렸다는 듯이 수상하게 웃으며.

"과연 어디에 있을까요?"

같은, 애매한 답을 하는 것이었습니다.

그리고서 겸사겸사라는 듯이 그들은 "그런데 지금 보여준 소책자는 극히 일부고, 그것 말고도 몇 가지 더 있는데, 필요 없으신가요? 그게 있으면 조금 더 구체적인 정보를 얻을 수 있을지 모르는데요?"라며 몇 권의 소책자를 슬쩍 내보였습니다.

"정말인가요?" 하고 제가 눈을 가늘게 뜨면, 그들은 매번 똑같이 "정말이죠! 실제로 제 친구의 친구는 이 책자를 바탕으로 이야기의 나라까지 가서──" 하고 구체성이 별로 없는 타인의 경험담을 이야기하는 것입니다.

그리고.

저는 얄팍한 책자를 잠시 넘긴 다음에.

"뭐, 좋습니다."

──하고 책자를 구입.

최근 들어── 한 달 동안은 나라에서 나라를 오갈 때마다 책자를 구입하고 있습니다.

"하지만 한 달 전부터 책자를 읽고 있습니다만, 장소를 전혀 모르겠더군요⋯⋯."

몇 번을 사도, 몇 번을 읽어도, 구체적인 이야기가 전혀 나오지 않는 책자뿐이었습니다.

"아무튼 멋진 체험을 했다!"라든가 "아무튼 끔찍한 체험을 했다!"라든가. 이래서는 장소를 알아낼 수가 없군요.

"하하핫. 하지만 마녀님, 이야기의 나라는 확실히 있답니다. 제 친구의 친구가 바로 그 증거입니다."

"흐으음."

저는 한 달 전부터 빈번하게 먹고 있는 빵을 베어 물면서 고개를 끄덕였습니다. 이제 주변 대부분의 나라의 여행자 레스토랑을 제패했다고 말해도 과언은 아닙니다만, 어느 나라에서 먹어도 같은 맛이로군요. 이거.

"이제 슬슬 이 맛에도 질리기 시작하네요⋯⋯."

역시 둘도 없는 빵 애호가를 자칭한다고 해도 한 달 동안 빈번하게 같은 뷔페를 다니다 보면 질리기도 하는 법입니다.

제가 탄식하자 맞은편 자리의 남성은 "아, 그거라면 좋은 가게가 있답니다"라며 손뼉을 쳤습니다.

"여기서 남쪽으로 간 나라에도 여행자 레스토랑이 있는데—— 실은 거기가 여행자 레스토랑의 발상지라, 요리가 특히 맛있답니다."

"정말인가요?"

세상에.

"네. 빵 맛도 최고라던가요."

"어머나."

그것참, 그것참.

최근 들어 입수한 정보 중에서 가장 유익한 정보로군요.

"정보 제공, 고맙습니다."

저는 남성에게 감사 인사를 하면서, 룰루랄라 신이 난 발걸음으로 가게를 나섰습니다.

●

"후후후……."

가게를 떠난 잿빛 머리카락을 가진 마녀의 뒷모습을 바라보면서 남자는 차갑게 웃었다.

"이야기의 나라라고? 그런 게 있을 리 없잖아!"

여행자 레스토랑은 여행자가 빈번하게 찾아오는 레스토랑이다. 외지인이 모이는 이 레스토랑은 유익한 정보를 교환하는 자리인 동시에, 사기꾼이 세상 물정 모르는 상대에게 고액으로 잡동사니를 팔아넘기는 토양이기도 했다.

나라에서 나라를 오가는 여행자에게 "재미있는 나라가 있다" "가면 위험한 나라가 있다"라고 말을 걸고, 책자를 판다. 이야기의 나라라는 소재 불명의 나라에 흥미를 보인 여행자는 책자를 구입한다. 그러나 장소를 몰라 다른 나라 여행자 레스토랑에서도 마찬가지로 구입한다── 여행자들은 언젠가 이것이 그저 사기라는 사실을 눈치채지만, 그 무렵에는 이미 나름의 금액을 내용이 불투명한 책자에 지불한 후다.

여행자 레스토랑을 중심으로 활동하는 사기꾼 패거리는 밤낮으로 그렇게 일당을 벌고 있다.

"그나저나 저 마녀, 정말 소문대로 좋은 호구로군."

그들 사기꾼 집단은 정보 전달이 빠르다. 어느 나라에서 좋은 호구가 될 법한 자를 발견하면, 다른 나라에서도 사기에 걸려들 수 있도록 정보 공유가 이뤄지는 것이다.

그중에서도 특히 한 달 전부터 근처 나라에 나타난 잿빛 머리카락의 마녀는 그들 사이에서는 유명인이었다.

그것은 이야기의 나라 이야기를 꺼내면 아무리 터무니없는 내용이라도 책자를 사주는 멍청한 여행자이자.

"저 마녀, 아무래도 여기저기서 이야기의 나라 소문을 흘리고 있나 봐. 여행자 레스토랑에 일부러 이야기를 들으러 오는 바보 같은 여행자가 최근 늘었다니까."

그리고 새로운 호구를 데려오는 좋은 손님으로도, 유명했다.

저 마녀가 쭉 이 주변을 어슬렁거려주면 좋으련만, 하고 남자는 웃으면서 술을 들이켰다.

"……하지만 저 애, 이미 여행자 레스토랑은 대부분 돌지 않았을까?"

남자의 맞은편 자리에 여자가 앉았다. 사기꾼 동료였다.

동료들에게서 모은 정보를 정리해본 바에 따르면 마녀는 여기에서 남쪽에 있는 나라를 제외하면 모든 여행자 레스토랑을 방문했으며, 그리고 동료에게 사기를 당했다. 너무나도 부족한 학습능력에 여성은 참을 수 없는 기분이 되었다.

"다음 나라에서 사기는 마지막이 될 것 같네."

"그렇다면 마지막에 가능한 한 많은 돈을 뜯어내게 되겠는걸!"

남자는 소리 높여 웃었다.

"그 나라에는 우리의 리더가 있으니까! 분명 저 마녀의 지갑이 텅 비어버릴 때까지 돈을 빼앗을 거야. 하하핫!"

이 자식 시끄럽네, 하고 생각하면서 여성은 창밖으로 시선을 돌렸다.

문을 향해 걸어가는 잿빛 머리카락을 가진 마녀의 모습이 보였다.

불쌍하게도.

사기꾼에게 찍힐 법한 틈을 보이지 않았다면, 지금쯤 조금 더 돈에 여유가 있었을 텐데. 측은함을 담아서 여성은 마녀를 바라보았다.

그 시선을 눈치챈 것일까? 마녀는 나라를 나가는 찰나에 딱 한

번, 이쪽으로 고개를 돌렸다.

"…………?"

여성은 고개를 갸웃거렸다.

이쪽으로 고개를 돌린 마녀는, 수상하게 웃고 있었던 것이다.

사기꾼인 그들과 똑같이.

○

들은 대로, 그곳에서 잠시 남쪽으로 빗자루를 타고 날아간 곳에 나라가 하나 있었습니다.

작은 나라였습니다.

입국과 동시에 저는 여행자 레스토랑으로 걸음을 옮겼습니다. 발상지인 만큼 안은 좋게 말하자면 회고적인 분위기였고, 조금 독하게 말하자면 허름한 느낌이었습니다.

지난번 여행자 레스토랑에서 입수한 정보에 따르면, 이 나라의 빵은 일품이라고 합니다만.

"음. 정보대로."

곧바로 예쁜 초승달 같은 호를 그린 반질반질한 크루아상을 몇 개 챙겨서 자리에 앉아 한 입 먹어보았더니, 바삭하고 입안에 버터 향이 퍼졌습니다. 상당히 맛있지 않습니까.

"자네, 못 보던 얼굴인데. 혹시 신입 여행자인가?"

그렇게 제가 크루아상을 바삭바삭 우물우물하며 지극히 행복한 시간을 만끽하고 있으려니, 한 남자가 제 맞은편 자리에 앉았습니다.

여행자 레스토랑에서는 멋대로 합석하고 멋대로 정보 교환을 하는 일이 많은가 봅니다만, 최근 들어 이 가게를 이용하면 반드시 누군가가 말을 걸어왔습니다.

"신입은 아닙니다만── 무슨 용건이신지?"

하고 시치미를 떼며 묻는 제게 남성은.

"이 여행자 레스토랑의 규칙을 알고 있나?"

의기양양한 표정으로, 묻지도 않는데 이미 다 아는 규칙을 줄줄이 이야기했습니다. 여기는 여행자가 정보 교환을 하는 곳이고, 자유롭게 자리를 오갈 수 있다. 등등.

그리고 남성은 한바탕 제게 설명을 한 다음.

"그런데 자네에게 꼭 들려주고 싶은 나라가 있는데──."

그렇게 말하며 한 권의 소책자를 꺼냈습니다.

그것은 지난 한 달 동안 질릴 정도로 본 물건이었습니다.

"이야기의 나라, 로군요."

저는 테이블에 지금까지 구입한 책자를 전부 꺼내놓았습니다. 그 수는 약 스무 권 정도. 방문한 나라마다 여행자 레스토랑에 가면 몇 권씩 사다 보니 수가 제법 되었군요.

"……이런. 이미 이야기의 나라에 관해서는 알고 있었나. 그렇지. 이 나라, 아주 신기한 나라인데──."

"아, 죄송하지만 책자 판매 토크라면 됐습니다."

네, 안 됩니다아. 그런 이야기는 안 듣겠습니다아. 저는 양쪽 귀를 막고서 고개를 저었습니다.

그리고.

"오늘은 당신과 이야기를 나누러 이 나라까지 온 겁니다. 이야기의 나라 이야기를 듣기 위한 게 아닙니다."

"응? 나와……?"

조금 당혹스러워하는 남성에게 저는 최대한의 미소를 지어 보여드렸습니다.

"네. 당신이 여행자 레스토랑에서 활동하는 사기꾼 집단의 리더님이죠?"

"!"

남성은 한순간 놀라고, 직후에 시선을 돌렸습니다.

"사, 사기……? 무슨 말인지……."

"변명은 됐습니다. 당신들 사기꾼 집단이 이야기의 나라라는 가공의 나라 이야기를 소재로 한 책자를 팔아서 돈을 벌고 있다는 건 지금까지 여행자 레스토랑을 계속 방문하면서 대충 눈치챘으니까요."

어떤 나라보다도 멋진 나라, 혹은 어떤 나라보다도 나쁜 나라라고 하면서 듣는 쪽의 흥미를 끌기 위해서만 존재하는 만들어진 이야기의 나라.

말하자면 이야기상에서만 존재하는 가공의 나라이며.

즉, 존재 그 자체가 거짓인 나라겠지요?

내용물 없이 그저 이야기로 흥미를 끌어 물건을 팔고, 더 많은 정보를 원하는 자에게는 더 많은 돈을 요구하며, 언젠가 돌이킬 수 없게 될 때까지 돈을 짜낸다. 흔한 사기 방법이죠.

"……흥. 뭐야, 드디어 눈치챈 건가?"

남자의 태도는 급변했습니다.

"참고로 말해두겠는데, 지금까지 낸 돈을 돌려달라느니 하는 이야기라면 거절한다. 나는 네가 얼마를 지불했는지 같은 건 파악하고 있지 않은 데다, 애초에 이건 속아 넘어갈 만한 틈을 보인 네가 나쁜 거니까."

저는 고개를 끄덕였습니다.

"그렇군요. 거짓말에 속아 넘어가는 쪽이 나쁜 거니까, 틈을 보인 쪽이 나쁜 거니까, 돈을 회수하겠다는 생각 같은 건 안 합니다."

"그럼 뭔데? 나한테 무슨 이야기를 할 셈이지?"

"그러네요……."

저는 크루아상 향기가 밴 검지를 입술에 가져다 댔습니다.

그리고, 웃음을 머금은 채, 말했습니다.

"그런데 여기는, 여행자 레스토랑이죠? 만약 당신들의 활동을 제가 조사하고 다녔다면 어떻게 될까요? 제가 사실은 당신 동료들의 얼굴을 전부 그림으로 그렸고, 그걸 뿌렸다고 한다면 어떻게 될까요? 속아 넘어가는 멍청한 여행자가 줄어버렸다간, 돈을 벌 수 없게 되겠죠? 곤란하겠죠?"

그건 즉.

"……입막음 비용을 내놔라, 라는 건가?"

남성의 얼굴이 한층 험악해졌습니다.

"이해가 빨라서 다행이로군요."

"크으읏……."

남성은 매우 쓸쓸한 표정을 지었습니다. 저를 이대로 내버려 두면, 지금까지처럼 멍청한 여행자를 상대로 장사를 할 수 없게 된다. 이것은 그들에게 있어 좋지 않은 사태일 터입니다.

남성은 잠시 고민하더니.

"……입을 다물겠다고 약속하는 거겠지?"라며 저를 노려보았습니다.

"안심하십시오. 저, 입은 무거운 편이라, 돈을 받으면 침묵을 약속하겠습니다."

"흠……. 그래서, 입막음 비용은 얼마지?"

"대략 이 정도입니다."

저는 종이에 슥슥 금액을 적어나갔습니다. 대략 제가 지금까지 쓴 금액의 배 정도.

"뭣……! 어, 어이! 우리는 너한테서 이 정도로 큰돈은 뺏지 않았다고!"

"돈을 회수할 생각으로 이야기를 꺼낸 건 아니라고 아까 말했지요?"

훨씬 더 뜯어낼 셈입니다.

"크으으으으으으으……. 이 악마 자식……!"

"악마가 아닙니다. 마녀입니다."

그래서, 어쩌겠습니까? 낼 겁니까? 안 낼 겁니까? 하고 저는 남성에게 선택을 강요했습니다.

하지만 이건 역시 틈을 보인 쪽이 잘못한 겁니다.

결국 남성은.

"아아, 정말. 낼게! 내면 되잖아!"

그렇게 될 대로 되라는 식으로 제게 돈을 지불해주었습니다.

"아, 그리고 겸사겸사 하나 더."

"뭐야? 아직 더 있는 거냐! 뭔데?!"

"혹시 괜찮다면 이야기의 나라의 책자, 받아 가도 되겠습니까?"

여행자 레스토랑을 다니면서 알았습니다만, 책자는 넘버링이 되어 있었습니다. 그리고 이 나라에서 받는 것을 끝으로 이야기의 나라 관련 책자를 전부 모으게 되는 겁니다. 금액은 아무리 바가지라도 정도가 있어야 하겠습니다만, 그러나 읽을거리로서는 의외로 읽을 만하고, 여기에 수집가적 욕심도 싹튼지라, 받을 수 있다면 받아 가고 싶었습니다.

"여기 있어! 다 가져가! 이 사기꾼!"

남성은 여전히 될 대로 되라는 듯이 책자를 제게 주었습니다.

"사기꾼은 어느 쪽인가 하면 당신 쪽인 것 같습니다만……."

아무튼 컴플리트입니다.

"그런데 이거, 누가 쓴 겁니까?"

"몰라. 아주 옛날에 어디 사는 아마추어가 쓴 거겠지. 바자회에서 덤핑 판매되던 걸 내 부모가 샀어."

"그리고 당신은 그걸 무허가로 장사에 이용했다는 건가요."

"무허가라니 실례잖아. 제대로 허가는 받았다고."

"산 걸 사기에 쓰라고 허가하는 부모라니, 뭔가요……."

"전(前) 사기꾼인데."

"같은 부류의 분이었습니까……."

말하길, 그의 부모도 이 여행자 레스토랑에 방문한 여행자를 상대로 수상한 정보를 흘리며 돈을 징수하는 일을 했었나 봅니다. 과연, 오래된 레스토랑에서 나누는 대화는 수십 년이 지나도 변함이 없다는 것일까요.

　역사가 길다고 해서 좋기만 한 건 아니로군요.

　뭐, 아무튼.

　"돈도 받았으니, 저는 이걸로 이만 물러나겠습니다."

　책자를 정리해 가방에 넣고 자리를 떴습니다.

　저는 아주 가벼운 발걸음으로 걸었습니다.

　한편, 사기꾼 리더는 여전히 화가 가라앉지 않은 것일 테지요. 자리에서 일어서더니, 손가락질하며 소리를 지르고 있었습니다.

　"이걸로 계약은 성립한 거다! 절대로 아무한테도 얘기하지 마! 나중에 우리 일을 방해했다간 그냥 두지 않을 거야!"

　아까도 말했습니다만, 저는 돈만 받으면 이제 아무한테도 말을 퍼뜨리거나 하지 않습니다.

　그래서 저는 뒤로 돌아서서, 고개를 끄덕이며, 답했습니다.

　"물론입니다. 약속은 지킵니다."

　지금부터.

●

　"젠장…… 당했어."

　잿빛 머리카락의 마녀가 떠난 후 남자는 술을 들이켰다. 좋은 호구라고 들었는데, 예상하지 못한 지출이 생기고 말았다.

그러나.

"하지만 뭐…… 이걸로 저 마녀가 잠자코 있으면, 아무런 문제도 없겠지……."

마녀는 지금까지 여러 나라에서 이야기의 나라 소문을 퍼뜨려 주었다. 그 덕에 지금은 그들 장사에 속는 고객이 계속해서 늘고 있다.

오늘 낸 돈 정도는 하루도 안 되어 회수할 수 있으리라.

그렇다면 오늘, 입막음 비용을 요구받은 일쯤은 우려할 만한 것이 못 된다.

"훗…… 더 큰 금액을 말해도 됐을 것을."

오히려 고작 하루면 벌 수 있을 만한 금액밖에 요구하지 않은 마녀를 불쌍히 여겼을 정도였다.

멍청한 마녀 같으니.

그렇게 중얼거리고, 남자가 여행자 레스토랑에서 우아하게 홍차를 마시기 시작했을 때였다.

"리, 리더! 리더! 큰일이야!"

사기 그룹의 말단이 안색을 바꾸고 여행자 레스토랑 문을 열었다. 몹시 허둥대는 모습으로 나타난 말단 남자는 리더를 발견하고는 자리까지 달려왔다.

"뭐냐? 시끄러운 녀석."

올려다보니, 말단 남자가 숨을 헐떡이면서 "다, 당했어! 그 마녀한테 당했어!"라고 외쳤다.

"당했다고……?"

"그 마녀, 우리에 관한 걸 전부 떠벌렸다고!"

사기 그룹 사이에서 소문이 난 잿빛 머리카락의 마녀.

어떤 때든 이야기의 나라 책자를 사주는 머리 나쁜 손님으로.

그리고, 여기저기에서 이야기의 나라 소문을 흘리고 새 호구를 데려오는 좋은 손님으로, 유명했던 마녀.

여기저기에서 흘리던 소문이란, 대체 무엇이었을까.

"설마……."

말단은 리더에게 고개를 끄덕이고, 한탄했다.

당했다! 라고.

"최근 온 새 손님들이 이 녀석이고 저 녀석이고 입막음 비용을 요구하고 있다고!"

일레이나 씨의 아침은 일찍 시작된다.

"안녕하세요. 오늘도 날씨가 좋네요. 어라? 왜 그러나요? 왠지 기운이 없네요. 응? 일하러 가기 싫어……? 어머나, 이런! 매일 아침 출근에 마음이 나이브해진 모양이로군요. 하지만 안심하시길. 사실 저는 여행하는 상인인데, 일하러 가기가 너무 싫은 당신 같은 분을 대상으로 한 좋은 상품을 팔고 다니고 있답니다."

이른 아침.

사람들이 오가는 통근 시간에 자아 자아 어서 오세요 오세요 하고 입을 다문 조개껍데기 같은 모양의 쿠키를 억지로 떠넘기는 이 여성이 바로 일레이나 씨라는 사람이었습니다.

그녀가 들고 있는 것은 평범한 쿠키가 아닙니다. 꼭 다문 입안에는 그날의 운세를 적은 종이가 들어 있었습니다. 즉, 이 쿠키를 사면 그날의 운세를 점칠 수 있는 것입니다.

"오늘의 운세로, 하나 어떠신가요?"

"오늘의 운세……라……."

"이래 봬도 제 점은 아주 잘 맞는답니다. 어떠신가요?"

"하지만 나는 이런 점 같은 건 잘 안 믿어서……."

"그거 아쉽네요. 그럼 점은 제쳐두고, 쿠키만이라도 즐겨보면 어떠신가요? 실은 이 쿠키 자체에도 특수한 성분이 포함되어 있어서, 먹기만 해도 상당히 기운이 난답니다. 그러니까 하나 어떠신가요? 통 크게."

"통 크게라고 한들 말이지…… 그거, 구체적으로 어떤 효과가 있는데?"

"그야 뭐…… 매우 둥둥 들뜬 기분이 됩니다."

"쿠키를 먹는 것만으로?"

"먹는 것만으로."

"그거 뭔가 위험한 성분이 들어 있는 거 아냐?"

"후후후."

"들어 있구나……."

아침부터 노상에서 위험한 것을 팔고 다니는 마녀. 그것이 재의 마녀 일레이나라는 여성이었습니다.

이대로라면 그녀가 그저 위험한 녀석이라고 여겨질 듯하니 하나 정정해두기로 하지요. 오늘 그녀의 차림새에 마녀다움은 없었고, 후드를 깊게 눌러쓰고, 얼굴을 들키지 않도록 입가는 천으로 가리고, 때때로 새어 나오는 웃음은 "후후후" 하는 돈에 눈이 먼 피라미 악당 그 자체. 그렇습니다. 어찌해도 옹호할 수 없을 만큼 위험한 녀석이로군요.

"쿠키 가격은 금화 한 닢이면 됩니다. 어떤가요?"

…………

돈을 벌기 위해서라든가 하는 간사한 사정은 전혀 없다고 여기고 싶은 바입니다만, 실제로 여행을 하려면 돈도 필요한지라 여행길에 돈을 버는 장면도 생기기 마련입니다. 고로 어쩔 수 없군요.

"어이이이이이이이이이이이이이이이이!"

그러나 그때, 인파를 베어 가르듯이 큰길에서 고함이 울려 퍼졌습니다.

　보니, 길 저편에서 한 젊은 여자가 수상한 상인인 일레이나 씨를 향해서 달려오고 있었습니다.

　로브 혹은 롱코트 같은 길이가 긴 푸른 제복을 입었고, 나이는 대략 열여덟 살 정도. 금색 머리카락을 뒤에서 하나로 묶었고, 푸른 눈동자는 일레이나 씨를 노려보고 있었습니다.

　"또 당신이구나!"

　버럭버럭 화를 내는 그녀는 이 나라의 치안 유지를 담당하는 조직, 통칭 단죄인의 구성원 중 한 명.

　"안녕하세요. 세나 씨."

　그녀의 이름을 부르며, 일하느라 고생이 많으시네요 하고 고개를 숙이는 수상한 상인 일레이나 씨.

　"몇 번 말해야 아는 건데! 여기는! 노상 판매 금지라고! 말했잖아!"

　비명처럼 외치는 세나 씨와 수상한 상인 일레이나 씨는 알게 된 지 이래저래 닷새 정도 되었습니다.

　처음 두 사람이 얼굴을 마주한 것은 일레이나 씨가 이 나라에 입국한 직후의 일.

　수상한 쿠키를 지금처럼 팔며 다니다가 지금처럼 세나 씨에게 혼난 것이 첫 만남이었습니다. 요컨대 온도감은 달라도 바로 지금 나누었던 대화와 대체로 비슷한 일이 닷새 전에도 일어났다는 뜻입니다. 바꿔 말하자면 수상한 상인 일레이나 씨는 닷새 동안

31

무엇 하나 학습하지 못한 덜떨어진 사람이라는 뜻이 됩니다. 한심스럽군요.

"하아, 정말! 몇 번 말해야 직성이 풀리는 거냐고...."

한숨을 내쉬면서 세나 씨는 일레이나 씨에게 손을 내밀었습니다.

"죄송합니다."

에헤헤 하고 웃으면서 일레이나 씨는 그녀의 손에 금화를 떨어뜨렸습니다. 이 나라에는 단죄인에게 위법 행위를 단속당하면, 상응하는 벌금을 내야만 한다는 규칙이 있습니다. 그런고로 손을 내밀면 조건 반사 같은 속도로 금화를 건넵니다. 그 모습은 마치 완벽하게 교육된 충견과 주인 같았습니다.

돈을 낼 때는 순순한데, 매일같이 사기를 벌이는 수상한 상인. 순종적인지 반항적인지 잘 알 수 없는 그녀에게 세나 씨는 몹시 질린 상태였습니다.

"당신 정말 적당히 좀 해. 몇 번이나 똑같은 주의를 줘야 아는 거냐고. 정말이지 지난번부터 내 일을 방해만 해대고——."

고로 돈을 받은 후에도 장황하게 쓴소리를 하는 것은 당연한 일이라고 할 수 있었습니다.

그러나 그런 식으로 세나 씨에게 설교를 들으면서도 "어라? 혹시 금화 한 닢으론 부족했나요?" 같은 생각에 이르는 것이 수상한 상인 일레이나라는 유감스러운 인간이며, 그런 발상에 이르렀기에 그녀는 스윽 하고 세나 씨의 옆으로 몸을 가져가며 "자, 자" 하고 어깨를 툭 두드리는 것입니다.

"잠깐. 당신 진짜 적당히——."

"이거, 받으시죠."

그리고 수상한 상인은 검지를 입가에 가져다 대면서 세나 씨의 주머니에 꾸러미를 찔러 넣는 것이었습니다.

"무슨, 자…… 잠깐!"

죄를 심판하는 파수꾼인 단죄인은 눈앞의 죄인을 놓치지 않으며, 그리고 동시에 스스로 죄를 범하는 일 같은 걸 저질러선 안 됩니다.

뇌물 따위는 말할 것도 없습니다.

"돈 같은 걸 받으면──."

그리 말하면서 "얼마려나" 하고 아주 조금 기대하고 마는 것이 인간의 슬픈 습성. 세나 씨는 주머니에서 꾸러미를 꺼냈습니다.

"…………."

거기에는 방금 팔던 수상한 쿠키가 하나.

"안, 열어보세요" 하고 소곤소곤 수상한 느낌으로 재촉하는 일레이나 씨. "제 점, 잘 맞는답니다"라며 의기양양한 얼굴을 하고 있기까지 했습니다.

쿠키 안에는 종이가 하나.

『뇌물을 받으면 좋은 일이 생깁니다.』

──라고, 쓰여 있었습니다.

"…………."

입을 다무는 세나 씨.

"후후후. 덤으로 하나 더 드릴게요. 다른 사람한테는 비밀입니다."

그리고 겸사겸사라는 듯이 쿠키를 하나 더 건네는 수상한 상인이 한 명. 바로 좋은 일이 생겼네요 하고 만족스러운 표정을 짓고 있었습니다.

"이 자식 전혀 반성을 안 하잖아……!"

이상.

그러한 수상함 넘치는 아침을 지난 며칠간 반복하고 있습니다만, 이 수상한 상인 일레이나 씨는 본래 마녀이자 여행자입니다.

여행자가 한 나라에 닷새나 머물다 보면, 현지에서 아는 사람 한 명이나 두 명쯤은 생기거나 하는 법입니다만, 이 나라에서도 일레이나 씨에게는 매일같이 레스토랑에서 저녁 식사를 함께할 정도로는 사이좋은 친구가 한 명 생겼다고 합니다.

"하아, 좋아. 더 쓰다듬어줘. 쓰다듬어줘. 결혼하자."

"…………."

조금 가격이 비싼 레스토랑에서 일레이나 씨와 마주 앉아서, 그 친구는 촉촉한 눈으로 일레이나 씨를 바라보았습니다.

"귀여워. 정말 귀여워. 먹어버리고 싶어."

혹은 사냥감을 노리는 짐승의 눈일지도 모릅니다.

그런 위험한 그녀와 눈을 마주치지 않도록 먼 곳을 바라보면서 담담하게 식사를 하는 일레이나 씨.

"…………."

아니, 어쩌면 그녀가 눈을 마주치지 않는 데는 다른 사정이 있는지도 모릅니다.

"저기, 저기, 듣고 있어? 일레이나 씨. 나는 말이지, 오늘도 일 아주 열심히 했어."

©Azure

일레이나 씨와 마주 앉은 그녀는 기쁜 듯이 이야기했습니다.

"오늘도 그 이상한 여자가 거리를 어슬렁거리고 있어서, 나 있지, 평소처럼 단호하게 말했어. 그래서 있지——."

요령 없는 그녀의 말을 간단히 정리하자면, 그녀는 오늘도 하기 싫은 일을 열심히 했으니 칭찬해달라는 것이었습니다. 그래서 일레이나 씨는.

"그런가요. 애썼네요."

대단해, 대단해 하고 대충 칭찬해드렸습니다.

"에헤헤헤."

기뻐하며 얼굴을 환하게 밝히는 그녀.

"…………."

일레이나 씨는 매우 미묘한 표정을 지으며 그녀에게서 다시 시선을 돌렸습니다.

그것은 이 나라에서 만나, 지금 함께 식사를 하는 중인 그녀의 직업이 바로 단죄인이기 때문이며, 그리고 그녀의 이름이 세나이기 때문이며.

"에헤헤. 더 쓰다듬어줘."

그리고 그녀가 보여주는 얼굴이 낮과 밤이 전혀 다른 사람처럼 달랐기 때문이었습니다.

"…………."

그나저나. 눈앞의 세나 씨와 마찬가지로 낮과 밤이 전혀 다른 사람인 것처럼 행동하면서도 시치미를 뗀 얼굴로 세나 씨와 한 식탁에 둘러앉아 있는 이 일레이나 씨란 대체 누구일까요?

말할 것까지도 없습니다.

그렇습니다. 저입니다.

○

닷새 정도 거슬러 올라간 날.

저는 여행 중에 천칭의 나라 바스카라는 나라에 도착해 문을 두드렸습니다.

"마녀님은 우리 조직—— 단죄인이라는 조직을 아십니까?"

입국 심사를 마치고 문을 통과한 직후에 푸른 제복 차림의 남성이 불쑥 제 앞에 나타나 "잠시 이야기를 나눌 수 있겠습니까?" 하고 손짓해 부르기를 한 번.

그는 자신을 이 나라 특유의 조직인 단죄인이라는 곳의 간부라고 소개했습니다.

사부작사부작 따라가 보니, '단죄인'이라고 쓰인 건물 응접실로 안내되었고, 그렇게 이 천칭의 나라 바스카 특유의 일에 관해서 듣게 되었습니다.

"20년도 더 전의 우리나라는 통탄스럽게도 치안이 매우 나빠서, 절도, 사기, 협박, 폭력 같은 여러 범죄가 횡행하고 있었습니다. 당시는 도시 전체가 범죄로 넘쳐난 나머지 주민은 혼자서 밖에 나오는 일조차 꺼릴 정도였습니다."

"오호라."

그것참 큰일이로군요 하고 끄덕이면서 테이블에 놓인 도넛과 홍차에 시선이 못 박혀 있는 저. 그러고 보니 아침부터 아무것도 먹지 못했습니다.

"나라의 치안을 유지하기 위해―― 그리고 마을 사람들이 안심하고 길을 걷기 위해서는, 범죄 단속을 강화해야만 했습니다. 아, 도넛과 홍차는 편하게 드십시오."

"아, 감사합니다. 그럼 실례하겠습니다."

기다렸다는 듯이 도넛 끄트머리를 베어 무는 저.

"그래서, 치안 유지를 위해 만들어진 것이 단죄인이라는 조직이라는 겁니까?"

"네, 바로 그렇습니다."

구성원 모두가 마법사인 단죄인은 단독으로 범죄 단속부터 처벌까지 맡고 있으며, 단죄인에 의해 많은 범죄자가 사람들의 눈앞에서 처벌되었다고 합니다. 죄인이 한 사람, 또 한 사람 단죄되는 모습은 이윽고 억지력으로 작용하게 되었습니다. 하루하루 범죄자는 마을의 큰길에 나타나지 않게 되었고, 그리고 20년이 지난 지금에 이르러서는 범죄 건수 제로를 달성할 정도가 되었다고 합니다.

"범죄자 제로인가요? 대단한 성과가 아닙니까?"

저는 도넛을 베어 물며 대꾸를 한 번.

도넛의 동그란 구멍 너머에서 간부님은 "그렇죠……"라며 눈썹을 늘어뜨리며 고개를 끄덕였습니다. 바랐던 대로 범죄자가 자취를 감추었다고 하는데 안색은 흐렸습니다.

"그러나 범죄자가 완전히 사라지고 마는 것도 문제랍니다. 범죄자 감소는 기뻐해야 할 일이지만, 제로는 기뻐할 수만은 없는 일입니다."

"그 말씀은?"

"단죄인이라는 직업은 범죄자가 존재해야만 비로소 성립합니다. 이대로는 우리의 존재 의의가 위태로워지죠."

"……아아."

과연 하고 수긍이 갔습니다.

단죄인은 어디까지나 범죄자를 단속하기 위한 직업입니다. 범죄자를 단속하기 위해 조직된 것이 단죄인이라면, 범죄자가 마을에서 자취를 감출 경우 그들은 더는 쓸모가 없어지고 맙니다.

그들이 일을 하기 위해서는 범죄자의 존재가 필요 불가결한 것입니다.

범죄자를 단속하고 평화로운 나라를 만들기 위해 조직되었건만, 평화로워지면 곤란하다니 기묘한 이야기이기는 합니다만.

"요즘은 우리 단죄인이라는 직업을 문제시하는 목소리도 나오고 있다고 들었습니다."

"흐으음."

사정은 잘 알았습니다, 하고 저는 고개를 끄덕였습니다. 요컨대 이 나라는 현재 아주 조금 평화로운 상태가 지속되고 있다는 뜻인 듯합니다만.

"그래서 저는 대체 무얼 하면?"

과연 어떤 이유로 여행자인 제가 입국하자마자 호출을 당한 것일까요?

고개를 갸웃거리는 제게 간부님은 가볍게 고개를 끄덕이더니.

"그렇군요. 일단 마녀님께서는 죄를 범해주셨으면 합니다."

"응?"

반대 방향으로 갸우뚱 고개를 기울이는 저. 잘 안 들렸습니다. 귀가 갓난아기가 되어버렸습니다. 다시 한번 말해주셨으면 합니다.

"죄송합니다뭐라고요?"

"일단."

"네."

"마녀님께서는."

"네네."

"죄를 범해주셨으면 합니다."

"으응?"

저는 여기에 이르러 다시 고개를 갸웃거렸습니다만, 농담인가 하고도 생각했습니다만, 그러나 그 말은 틀림없는 사실이었나 봅니다.

"여기 이 돈은 벌금을 내는 데 써주십시오. 경범죄라면 구속되는 일도 없습니다. 마녀님에게는 가능한 한 많이, 이 나라에서 죄를 범해주셨으면 합니다."

"네에……."

그것은 요컨대 이 나라에 머무는 동안 가능한 한 많은 나쁜 짓을 하라는 뜻이 됩니다만.

"죄를 너무 많이 범해서 악평이 퍼지는 일은 피하고 싶습니다만……."

"만약 걱정이 된다면 변장 같은 걸 하면 어떠실까요? 원한다면 변장용 도구도 빌려드리겠습니다."

간부님은 담박하게 대꾸했습니다.

"만에 하나 마녀님이 죄를 범한 것을 주민들에게 들킨다고 해도, 악평이 퍼지지 않도록 이쪽에서 조용히 처리할 테니, 걱정하지 마십시오."

"조용히 처리라니."

마치 악당 같은 생각을 하시는군요──하고 저는 기막혀하면서 도넛을 베어 물었습니다. 그야말로 간부님 같은 분이 단죄인에게 처벌받는 부류의 분이 아닐까요?

도넛의 빈 고리를 들어서 보니, 그 너머에서 간부님이 나쁜 얼굴을 하고 있었습니다.

"마녀님. 인식되지 않으면 존재하지 않는 것이나 다름없습니다."

그렇게, 당당하게 외부에 드러낼 수 없는 대화를 나눈 다음에 저는 거리로 나가게 되었습니다만, 그때 무슨 일이 있었는지는 이미 전부 이야기해버렸군요.

"어서 오세요. 이 쿠키는 어떠신가요? 싸답니다."

우후후후후 하고 수상한 쿠키를 파는 저.

"잠깐. 여기는 노상 판매 금지야."

그리고 판매…… 아니, 수상한 장사 중에 제게 말을 걸어온 단죄인이 바로 세나 씨였습니다.

그녀는 탄식하며 "당신, 여행자 맞지? 이 나라는 처음이야? 저기 있지, 우리나라는 옛날부터 노상에서 좋지 않은 물건을 파는 인간이 많았기 때문에, 이런 큰길에서의 장사를 애초에 금지하고 있어──"라며, 큰길에서의 노상 판매는 어째서 안 되는지를 배경부터 설명, 그리고서 노상 판매를 한 것에 대한 벌금을 요구했습니다.

"그런데 그거, 사기 맞지? 이번에는 봐주겠지만, 앞으로는 삼가도록 해."

원래대로라면 사기 벌금과 합쳐서 금화 한 닢을 요구할 것을, 초범이라며 너그럽게 봐주기도 했습니다. 제가 진짜로 범죄자였다면 그녀의 온정에 제법 감동했을 테지요.

"고맙습니다."

"뭐, 조심하도록 해."

제 어깨를 손으로 툭 치고 떠나는 세나 씨.

단죄인의 업무는 마을의 감시.

저에게 벌금을 요구한 것처럼, 나쁜 사람이 있으면 그 자리에서 잡아 돈을 징수한다고 하는 일입니다. 그리고 단죄인이라는 직업은 나쁜 사람이 없으면 성립하지 않습니다.

그런고로.

"안녕하세요. 이 쿠키 어떠신가요? 우후후후후."

세나 씨가 자리를 뜬 후에 다시 수상한 일을 재개하는 저. 뭐, 간부님에게 나쁜 짓을 해달라는 요청을 받았으니 어쩔 수 없습니다.

"응? 어라? 잠깐, 당신. 뭐야? 진짜 뭐 하는 거야?"

몇 분 후에 돌아온 세나 씨가 "이 자식 제정신인가?" 하는 얼굴로 말하고 있었습니다. 돈을 내자, 그녀는 "이제 두 번 다시 하지 마! 일단 당신은 여기서 얼른 사라져!"라며 아까보다 강한 말투로 말하는 것이었습니다.

"네에에."

그러나 간부님에게 죄를 지으라는 부탁을 받아버렸거든요.

저는 자리를 몇 번인가 바꾸었고, 그리고 변함없이 수상한 쿠키를 팔고 다녔습니다. 때로는 큰길, 때로는 찻집, 때로는 뒷골목. 온갖 장소에서 쿠키 어떠신가요? 하고 저는 물었고, 그때마다 단죄인 분에게 들켜서는 "뭘 하는 겁니까?"라며 돈을 요구받았습니다.

첫날 중에 단죄인과 마주친 횟수는 대략 20회 정도 되었을까요?

그럭저럭 되는군요.

"잠깐 당신 진짜 적당히 하라고ㅇㅇㅇㅇㅇㅇㅇㅇㅇㅇ!"

참고로 마주친 단죄인이 세나 씨였던 비율은 대략 70퍼센트 정도일까요? 두 번째 마주친 시점에서 제법 화를 냈던 세나 씨는 세 번째에 한숨을 내쉬었고, 네 번째에 "아니, 잠깐…… 진짜로 말이야……"라며 노려보고, 다섯 번째쯤부터 여덟 번째에 이를 때까지 "어라…… 이상하네…… 헛것이 보이나?"라며 사고회로가 이상한 방향으로 향했고, 아홉 번째 이후에는 제정신을 찾았고, 결국 지금처럼 소리치게 되었던 것입니다.

"일하느라 고생 많으십니다."

"시끄러워!"

"이거 받으시죠."

이제는 익숙해질 대로 익숙해진지라 금화 한 닢을 물 흐르는 듯한 동작으로 내는 저.

"고마워!"

순순히 오늘 몇 번째쯤 되는 금화를 받아 드는 세나 씨.

"이제 안 돼. 정말로 이제 절대 재범하지 말아줘."

"후후후."

"웃으며 얼버무리지 마!"

그녀는 투덜투덜 화를 내더니 "아, 정말. 진짜 정말! 아무튼 두 번 다시 하지 마!"라며 목소리를 높이고 제 앞에서 떠나갔습니다.

기운 넘치는 목소리에 비해, 비척비척 기운 없는 발걸음으로.

대략 그런 느낌으로 첫날은 해가 저물 때까지, 의뢰받은 대로 단죄인 분들에게 일을 주기 위한 피라미 악당을 연기했던 것입니다.

낮 동안 줄곧 거리에서 그런 느낌으로 단죄인 분들과 대치했기 때문인지, 밤이 되자 참을 수 없이 배가 고파졌고, 저는 근처에서 숙소를 잡고, 짐을 방에 두고, 마법사다운 차림으로 옷을 갈아입고서 레스토랑으로 걸음을 옮겼습니다.

저녁 식사를 하기 딱 좋은 시간대였기 때문인지 가게 안은 적당히 붐볐습니다. 카운터 석으로 안내받은 저는 메뉴판 제일 위에 실린 무난한 파스타를 고르고 무난하게 먹었습니다. 맛 자체는 매우 맛있었습니다. 가게 분위기도 좋았고, 종업원분의 대응도 좋았고, 이 나라에 머무는 동안은 계속 다니고 싶다고 생각했을 정도였습니다.

단 하나 불만이 있다고 한다면, 화장실에 들어갈 수 없었다는 것일까요?

"일 그만두고 싶어 일 그만두고 싶어 일 그만두고 싶어 일 그만두고 싶어 일 그만두고 싶어 일 그만두고 싶어 일⋯⋯."

화장실 문에 양손을 살며시 대고, 머리를 몇 번이고 몇 번이고 끄덕이듯이 박으면서 중얼중얼 중얼거리는 여성이 한 명 있었습니다. 그 눈은 한눈에 봐도 생기가 없었습니다. 시험 삼아 "저기?" 하고 말을 걸어보았지만, 이쪽으로는 시선도 주지 않고 그저 계속 "일 그만두고 싶어 그만두고 싶어"라고 반복할 뿐. 어라어라? 좀 이상한 사람이로군요.

"실례합니다. 무슨 일 있으신가요?"

괜찮다면 비켜주셨으면 합니다만? 하는 뉘앙스를 담아서 저는 그녀의 어깨에 손을 올렸습니다.

그러나.

"그만두고 싶어 그만두고 싶어 일 그만두고 싶어 이제 싫어 더는 싫어⋯⋯."

중얼중얼 그녀는 중얼거리면서 고개를 박기만 할 뿐. 제 목소리는 그녀의 고막과 고막을 그대로 통과해버리는 것일까요? 툭툭 어깨를 두드려도, 그녀의 눈앞에서 손을 휙휙 흔들어도, 이마 부근에 손을 대서 문에 부딪치지 않도록 막아줘도, 변함없이 그녀는 "그만두고 싶어 그만두고 싶어"라고 중얼거릴 뿐.

대체 무슨 일이 일어난 것인지도 어디 사는 누구인지도 모르는 그녀지만, 왠지 그냥 내버려 둘 수 없는 기분이 들었습니다. 그보다 당연하게도 화장실에 들어가는 데 방해가 되니 더더욱 내버려 둘 수 없었습니다.

"저기, 일단 다른 손님의 방해가 되니 좀 비킬까요?"

그리고 주로 제게 방해가 되고 있습니다.

"일 그만두고 싶어 일 그만두고 싶어 일── 앗, 아, 내일도 일 해야 하지…… 돌아가야…….."

퍼뜩 정신을 차린 것처럼 고개를 든 그녀. 일을 그만두고 싶다고 연호하며 기행을 벌였으면서 일하러 가야만 한다는 의무감에 제정신을 차리다니 참으로 모순 가득하군요.

그리고 그녀는 문을 열었습니다.

"다녀왔습니다."

"거기는 화장실입니다."

이거 제정신을 못 차렸는데요.

"아아, 마음 편해……. 집 냄새가 나."

"아니 방향제 냄새 같은데요."

"내일도 일 열심히 해야지……. 참아야지……. 참아야지…….."

중얼중얼 다시 같은 말을 중얼거리기 시작합니다.

"저기──."

정말로 괜찮은 겁니까? 하고 저는 그녀에게 물었습니다.

그 직후였습니다.

"참아야…… 참아── 우웃, 우웨에에에에에에에에에에엑!"

토했습니다.

성대하게, 변기를 향해서 있는 힘껏 그녀는 토사물을 토해냈습니다. 상당히 견디기 힘든 스트레스를 받고 있었던 것일까요? 약

한 소리를 뱉는 것이 허락되지 않는 처우를 받고 있는 것일까요? 변기에 매달린 채 성인 여성이라고는 생각할 수 없을 만큼 한심한 목소리를 내며, 그녀는 울었습니다.

"괘, 괜찮은가요?"

갑작스러운 전개에 당황하면서 저는 일단 그녀의 등을 쓸어주었습니다.

오열하며 울며 토하는 그녀.

금색 머리카락을 뒤로 묶은 그녀를, 저는 알고 있었습니다.

세나 씨.

이 나라의 치안을 지키는 단죄인 중 한 명입니다.

"흐아아아아아아아아아앙…… 으아아아아아앙…… 훌쩍."

제 맞은편 자리에서 어린아이처럼 뚝뚝 눈물을 흘리면서 파스타를 볼이 미어지게 먹는 그녀.

화장실에서 의미 불명인 행동을 하던 그녀를 진정시키기 위해 저는 일단 그녀의 손을 끌고 와서 자리에 앉혔습니다. 사정은 일단 제쳐두고, 그녀를 그대로 방치할 수도 없는 일이었습니다.

그래서 저는 일단 먹고 마시게 해서 그녀를 진정시키자고 생각했던 것입니다만.

"우읏, 후에에엥…… 맛있어, 맛있어……."

그녀의 손은 바쁘게 포크를 입으로 옮기고, 눈물을 훔치고, 잔을 손에 들었습니다.

"그렇게 서두르지 않아도 먹을 건 얼마든지 있어요."

47

마치 며칠 만에 식사하는 것처럼 급하게 먹는 그녀.

"드세요, 드세요. 제가 사는 거니까, 어서 드세요."

"이렇게 맛있는 밥을 먹는 건 오랜만이야……."

"그럼 당신은 아까까지 이 가게에서 무얼 하고 있었나요……?"

"기억이 안 나……."

"위험하군요."

"일이 끝난 후의 기억이 전혀 없어…… 나 어째서 여기에 있는 걸까……."

"더더욱 위험하군요."

말하길, 깨닫고 보니 레스토랑 화장실 앞에 있었다고 합니다. 사람은 피곤이 한계에 달하면 아무래도 기억을 잊어버리나 봅니다.

상황을 보아하니, 그녀는 가게에 와서도 딱히 이렇다 할 주문도 하지 않고 그저 화장실에서 계속 머리를 박고 있었던 모양입니다. 그녀는 "애초에 내 벌이로는 이런 가게에서 배불리 먹을 수도 없고……"라며 파스타를 볼이 미어지게 먹으며 울상을 지으면서 말하기까지 했습니다.

나라의 치안을 지키는 일을 하고 있으면서 벌이가 없다는 건 무슨 소리인지?

"내 직업, 업무는 고된 주제에 급료는 아주 적어……."

어느 정도의 영양을 입에 넣은 덕분인지, 점점 그녀는 제대로 된 말을 할 수 있게 되었습니다.

"최근엔 그렇지 않아도 범죄율이 내려간 탓에 주민에게는 세금 낭비라느니 나라의 짐 덩어리라느니 하는 말을 듣고 있는데 동료나 선배는 제대로 일을 하지 않는 놈들뿐이라서 점점 더 주민들에게 눈총을 받고 있고……."

참고로 제대로 된 말의 대부분이 불평불만이었습니다.

먹으면 먹을수록 그녀의 입은 신기할 만큼 잘 움직이게 되었습니다.

"오늘 같은 경우도 이상한 여자가 몇 번이나 주의를 줘도 계속해서 이상한 쿠키를 길에서 팔고……."

큰 한숨을 내쉬면서 세나 씨는 말했습니다.

"다들 하나같이 본인만 생각하고, 정말 싫은 일들뿐이라 나 지쳤어……."

"…………."

저는 그녀에게서 시선을 돌리면서 고개를 끄덕였습니다.

"뭐랄까, 그, 고생 많으시네요……."

"응……. 하지만, 마녀님 같은 사람과 만나서, 조금 안심했어."

"네? 그런가요?"

"이 나라에 타인을 걱정하는 사람이 아직 있다고, 생각할 수 있게 됐으니까."

"아, 저, 여행자입니다."

"추욱……."

소리 내 말한 그대로, 추욱 풀이 죽는 세나 씨.

"여행하는 마녀 일레이나라고 합니다. 잘 부탁드립니다."

그리고 기대하게 해놓고 죄송한 이야기입니다만, 저는 이 나라의 분들과 무엇 하나 다르지 않을 겁니다. 세나 씨에게 말을 건

것은 화장실에 가고 싶었기 때문이고요.

"그런데 저는 오늘 이 나라에 도착한 참이라── 혹시 괜찮다면 이것저것 알려주지 않겠습니까?"

그리고 지금도 역시, 자신의 이익을 위해 그녀에게 제안을 하고 있는 중입니다.

"단죄인 일에 관해서 여러 가지로 가르쳐주었으면 합니다. 물론 기밀인 부분은 이야기하지 않아도 괜찮습니다. 어디까지나 이야기할 수 있는 범위 내에서면 됩니다."

만약 이야기를 해준다면, 매일 이런 식사를 할 수 있답니다 하고 저는 말을 덧붙였습니다.

간부님의 의뢰를 수행하는 데 있어 세나 씨와 친해져서 손해 볼 것은 없을 테지요.

그리고 이 제안은 그녀에게도 손해는 아닙니다.

그녀는 파스타를 우물우물 한동안 맛본 다음, 드디어 낮에 만났을 때와 같은 생기를 되찾고서, 끄덕였습니다.

"불평도 같이 들어준다면."

○

세나 씨의 일인 단죄인은 그녀가 말했던 대로 업무가 고됐고, 그리고 그녀와 단죄인 간부님이 말했던 대로 국내에서의 신뢰도는 최근 들어 현저하게 낮아지고 있는 모양이었습니다.

닷새나 있다 보니 천칭의 나라 바스카의 실정이 대략 보이기 시작했습니다.

"어이, 당신. 거기 당신. 멈춰."

어느 날 제가 공원 벤치에서 여유로운 점심을 보내고 있을 때의 일입니다. 척 보기에도 품위 없어 보이는 2인조가 개를 산책시키던 여성에게 말을 걸었습니다.

"……무슨 일인지?"

여성은 2인조에게 성가시다는 표정을 지어 보이고 있었습니다.

그건 2인조 남자의 복장이 모두 파란색 제복―― 단죄인의 제복이었고, 악취를 풍기는 봉지를 손에 들고 있었기 때문입니다.

"이 공원에서 개를 산책시키는 건 상관없지만, 개똥은 제대로 회수해 가지 않으면 곤란해."

악취를 풍기는 봉지를 여성의 발치로 휙 던지는 품위 없는 남성.

"개똥을 방치해서 경관을 망쳤으니 벌금을 내주실까."

그 말에 여성은 매우 놀랐습니다.

"네? 하지만 저, 방치한 적 없――."

"말대꾸를 한다면 우리 활동을 방해한 것으로 보고 벌금액을 올리겠다."

히죽히죽 웃는 남성 둘.

개똥을 방치했다는 증거는 어디에도 없었지만, 거의 생트집에 가까운 그 말을 들은 여성은 그 후 벌금을 내고 공원을 뒤로했습니다.

파란 제복을 입은 단죄인들은 제가 일부러 악행을 거듭하지 않아도 마을 곳곳에서 볼 수 있었습니다.

"이런…… 이건 대체 뭐지?"

길모퉁이에 있는 케이크 가게 앞에 멈춰서는 단죄인 남자. 가게 앞에는 색색의 케이크들이 진열되어 있었습니다. 단죄인은 점장을 불러내더니, 케이크들을 가리키면서 "점장님. 이건 분명한 규율 위반입니다"라고 말했습니다.

과연 대체 뭐가 문제인 것일까요?

"이런 알록달록한 걸 가게 앞에 진열하면 경관을 해치지 않습니까? 이건 벌금이군요."

본 바로는 그다지 알록달록하지 않은 듯 여겨졌습니다만, 결국 이 나라에서는 단죄인이야말로 규율이며, 단죄인의 재량에 따라서 죄의 무게는 얼마든지 자유롭게 변화했습니다.

"이런 이런, 당신. 지금 저 가게에서 산 걸 보여주실까."

한 서점에서 나온 남성을 불러 세운 것은 여성 단죄인이었습니다. 그녀는 남성에게서 가방을 빼앗더니, "어라? 당신은 분명 아무것도 사지 않고 나왔을 텐데? 어째서 상품인 책이 여기에 들어 있는 걸까? 게다가 당신 미성년자 맞지? 이건 조금 부모님께 사정을 들어봐야겠는걸……" 하고 따졌습니다.

드물게도 세나 씨 이외에도 제대로 일을 하는 단죄인을 발견했군요.

"자, 잘못했어요……! 그만, 우발적으로……! 제발 부모님께는 알리지 말아주세요……! 부탁이에요!"

"응? 알리고 싶지 않은 거야? 그럼…… 알고 있겠지? 응?"

스으윽 남성과 거리를 좁히면서, 소곤소곤 돈거래를 시작하는 여성 단죄인. 이다음은 잘 보이지 않았습니다만, 아마도 침묵의 대가로 남성에게 불합리한 요금을 뜯어냈을 테지요.

…………..

제대로 된 단죄인은 세나 씨밖에 없는 겁니까?

"아가씨. 노상에서의 판매는 금지되어 있는데, 알고 있나?"

어느 날, 제가 간부님의 의뢰대로 길에서 수상한 장사를 하고 있었더니, 당연하게도 단죄인이 말을 걸어왔습니다. 평소의 세나 씨 같은 히스테릭한 외침이 들려오지 않는 것에 허전함을 느끼면서도 저는 최근 들어 지루해하는 그들에게 업무 실적을 만들어주었습니다.

언제나 세나 씨에게 청구받은 금액은 분명 금화 한 닢이었습니다.

"벌금으로 금화 세 닢을 내도록."

그러나 그날, 제게 말을 걸어온 단죄인은 어째서인지 세나 씨가 요구했던 세 배의 금액을 청구했던 것입니다. 어라 어라? 이건 조금 이상한 이야기로군요.

"금액 잘못된 거 아닙니까?"

"뭐야? 말대꾸야? 벌금을 더 올릴 수도 있는데? ……아니면 구속되고 싶은 건가?"

단죄인은 품에서 지팡이와 포승줄을 슬쩍 내보이면서 저를 보았습니다.

이 나라에서 단죄인은 규율 그 자체이며, 즉 단죄인이 죄라고 하면 죄인 것입니다.

거스르면 반역죄로 감옥에 집어 넣어진다고 합니다. 세나 씨가 말하길, 제 눈앞의 남자가 가진 포승줄은 단죄인에게만 주어지는 특수한 줄로, 상대가 어떤 인간이든, 예를 들면 마녀라고 해도 최대 열 명까지 구속하여 무력화시킬 수 있다……라고 합니다. 실제로 어떤지는 모르겠지만.

"네네, 내면 되는 거죠?"

한숨을 내쉬면서 저는 금화 세 닢을 남자에게 건넸습니다. 마을 주민들이 그들 단죄인을 거스르지 못하는 것도, 분명 거스르면 어찌 될지가 간단히 상상되기 때문일 테죠.

요컨대, 포승줄에 묶이고 싶지 않은 것입니다.

"그런 편리한 포승줄이 있으면 단죄인은 횡포를 부리게 될 뿐인 거 아닙니까?"

단죄인 남자에게 금화 세 닢을 뜯긴 그날 밤에 "언제나 당신이 불평을 늘어놓던 그 이상한 여자, 오늘은 남자 단죄인에게 금화 세 닢을 뜯기더군요. 나쁜 짓을 한 벌을 받았나 봐요. 다행이죠? 흐흥" 하고 에둘러 남자 단죄인의 악행을 고자질하면서, 저는 고개를 갸웃거렸습니다.

단죄인에게 힘이 너무 치우쳐 있는 거 아닙니까?

"단죄인이 설립된 당시엔 그렇게라도 하지 않으면 범죄자가 줄지 않았다고 해. 악당을 응징하기 위해서는 다소 강제적인 방법도 필요한 시대였던 거지."

"그래서, 그 당시에 쓰였던 도구만이 남아버렸다는 겁니까?"

"뭐, 그런 거지── 시대에 맞지 않는 물건이고, 잘 쓰이지 않고 있지만. 안타깝게도 그걸 악용하려 하는 동료가 있는 것도 현 상황이야……."

"지독한 이야기네요."

그보다 애초에 포승줄 따위가 필요한 건가요?

"이 나라에는 이제 범죄자가 없지 않은가요?"

입국했을 때 들은 이야기와 지금 이 나라의 현 상황은 완전히 모순되어 있었습니다.

간부님은 "범죄자는 자취를 감추었다"라고 말했을 터입니다. 단죄인에게 재판 당할 만한 자는 이 나라에서 사라졌을 터입니다만──그러나 본 바에 따르면 단죄인들은 매일 주민에게 이런저런 트집을 잡으며 다니고 있고, 마을 주민들도 모두가 선량한 것도 아니라서 도둑질 같은 어엿한 범죄도 며칠 체재하며 발견할 수 있었습니다.

그런데도 범죄자 제로라니 묘한 이야기로군요.

"간단한 이야기야. 이 나라 대부분의 단죄인이, 그날 검거한 범죄를 보고하지 않는 거지."

태연하게 세나 씨는 말했습니다.

"하지만 세나 씨는 보고를 하고 있잖아요? 이 나라에 입국할 때, 범죄자 제로인 나라라고 들었는데요."

"후후후."

제가 지적하자 그녀는 힘없이 웃었습니다.

"맞아……. 내가 검거한 범죄들도 정확하게 집계되었다면 제로라는 결과는 되지 않았겠지……."

"아아……."

아마도 그녀의 동료들만이 아니라, 조직 안에는 숫자를 지워버리는 놈들이 셀 수 없을 만큼 섞여 있는 것일 테지요. 그 결과, 간부님의 귀에 들어갈 무렵에는 범죄가 전혀 일어나지 않는 아름다운 나라가 되어 있는 것일 테지요.

"그래서 나처럼 작은 범죄를 단속하며 다니는 시끄러운 여자는 거북해하는 거야……."

"그리고 동료들도 어차피 제로로 바뀌는 거라면, 하고 돈을 착복하게 되는 건가요?"

"응……."

훌쩍, 코를 훌쩍이는 세나 씨.

"힘들겠네요……."

"앗, 그만둬…… 다정하게 대하지 마…… 눈물 날 것 같으니까……."

"옳지 옳지."

"후에엥."

제가 머리를 쓰다듬어주자 그녀는 곧바로 울음을 터뜨렸습니다.

수상한 상인 차림을 한 제게 대응하는 단죄인의 약 70퍼센트를 세나 씨가 점하고 있는 사실에서도 알 수 있듯, 그녀는 마을 곳곳에서 질서를 바로잡고 있습니다.

"어이! 거기 당신! 길에서 흡연은 벌금이야! 지금 당장 그만둬!"

예를 들면 길에서 연기를 뭉게뭉게 피워 올리는 남성을 발견하면 곧장 달려가 담배를 빼앗아 진화. 그리고 남성에게 벌금을 받아냈습니다.

"어이이이이! 지금 음료수를 버린 당신! 남은 음료는 제대로 처리해야지! 그보다 다 못 마실 것 같으면 사지 마!"

예를 들면 노점에서 정말이지 사진을 잘 받을 것 같은 알록달록한 음료수를 사서 "어머나! 귀여워라!"라며 한바탕 소동을 벌인 끝에 쓰레기통에 휙 던진 여성들을 발견했을 때도, 세나 씨는 곧바로 벌금을 받아냈습니다.

"노상에서의 데모 행진에는 정해진 규칙이 있어! 길을 오가는 사람들에게 피해가 가지 않도록 활동을 조심하도록! 그리고 불만이 있으면 이런 데서 쓸데없이 소란을 부리지 말고 직접 다투도록 해!"

예를 들면 데모 행진을 발견하면 당장 행진을 강제로 멈추고, 군중에게 돈을 징수하면서 데모를 중지시키기도 했습니다.

그녀는 매우 일에 열심이었습니다. 이 나라에서 체재하는 며칠 동안, 마을 곳곳에서 그녀의 노호가 울려 퍼졌습니다.

그러나 그 열의와는 반대로 단죄인이라는 직업의 인상은 좋지 않았습니다.

"하나하나 시끄럽다고. 돈의 망자 같은 자식."

흡연자는 욕설을 내뱉었습니다.

"우리보다 나쁜 짓을 하는 사람이 잔뜩 있는데." "일부러 우리가 있는 데까지 온 걸 보면 한가한가 봐."

쓰레기를 버렸던 여성들은 세나 씨가 돌아간 후에 큰 소리로 떠들었습니다.

"나라에서 권한을 받은 사람은 마을 사람들의 불만 같은 건 이해하지 못하겠지." "나라의 노예 자식." "너희 같은 놈이 있어서 우리나라는 부패하는 거야."

데모 참가자들이 자리를 뜨는 그녀를 두고 나직이 중얼거렸습니다.

"…………."

그런 말들을 들으면서도 세나 씨는 주민들의 불만에 시선조차 돌리는 일 없이, 담담히 계속해서 마을 사람들에게서 벌금을 징수했습니다.

역시 이런 일을 하다 보면 비난을 받는 일조차 익숙해지고 마는 것일까요? 혹은 마음을 마치 강철처럼 단단하게, 그리고 차갑게 하지 않으면 단죄인이라고 하는 일은 할 수 없는 것일지도 모릅니다.

그녀는 그런 비난들 따위 대수롭지 않게 여기는 듯 보였습니다.

"우으으으으으으…… 더는 싫어어어어……!"

하지만, 뭐, 대수롭지 않게 여기는 듯 보였어도 실제로 그녀는 상당히 상처를 입었나 봅니다. 매일 밤 저는 세나 씨와 만나 레스토랑에서 식사를 했는데, 그녀는 저와 얼굴을 마주하자마자 언제나 죽을 것 같은 얼굴로 테이블에 푹 엎드렸습니다.

"더는 싫어……."

테이블에 엎드려 저를 올려다보면서 그녀는 부탁을 하나.

"쓰다듬어줘……."

"옳지 옳지."

"앗…… 좋아……."

"…………."

단죄인은 업무가 고되니까요.

우는 소리 한마디쯤 하고 싶어질 만도 할 테지요.

"어떡하면 마을 사람들에게 미움받지 않을 수 있을까……."

대꾸하지 않는다고 해서 신경 쓰지 않는 것도 아니었고, 무엇하나 영향이 없는 것도 아니었습니다. 세나 씨는 무거운 책임과 일을 짊어지고 있을 뿐인, 평범한 소녀였습니다.

저는 테이블 맞은편에 앉은 그녀의 머리카락을 적당히 쓰다듬으면서 답했습니다.

"단죄인이라는 일의 인식을 바꿔보면 되지 않을까요?"

"무슨 의미?"

"나쁜 인간과 친해져 보면, 조금은 마음 편해질지도 몰라요."

마을 사람들이 단죄인을 멀리하는 것은 예전에 비해 단죄인의 일이 줄었기 때문이며, 그리고 세나 씨를 제외한 대부분의 단죄인이 제대로 된 일을 더는 하지 않게 되었기 때문입니다.

지금의 단죄인 대부분은 나쁜 인간이라고 말할 수 있을 테지요. 이제 지금 상황만을 잘라내면, 오히려 세나 씨 쪽이 이상한 것처럼도 여겨집니다.

대부분이 멀쩡하지 않다면 멀쩡하지 않은 것이 정상처럼 여겨지게 되는 법입니다.

"거절할게. 그런 거 내 주의에 반하거든."

"그런가요……. 하지만 이런 하루하루를 보내는 건 괴롭지 않은가요?"

"? 머리를 쓰다듬어주는 것에 관해서는 불만 없는데? 오히려 이 시간은 좋아하는 시간이야."

"아니 그런 걸 말하는 게 아니라……."

"…………."

그녀는 여전히 긴장감이 전혀 없는 자세를 한 채 저를 올려다보면서.

"나 혼자 힘으로는 단죄인 동료들을 바로잡을 수 없어. 나한테 그런 대단한 힘은 없는걸."

그리고 이야기했습니다.

"그러니까, 기다릴 거야. 참을성 있게 계속 기다릴 거야. 그러면, 분명 시대는 변해갈 테니까."

과거 범죄자투성이였던 이 나라가 시간 경과와 함께 범죄자를 지워갔던 것처럼, 마을 주민이 단죄인을 멀리하고 단죄인들이 제대로 일을 하지 않는 지금 이 상황도, 분명 시간이 해결해주리라.

"그때까지 인내해야지."

미래에 꿈과 희망을 걸면서 그녀는 그런 말을 했습니다.

저는 답했습니다.

"어떨까요. 시간이 흐르면 흐를수록 부패는 진행될 뿐일 것 같습니다만."

"꿈도 희망도 없는 말 하지 마."

그녀는 맞은편에서 저를 올려다보며 뺨을 부풀렸습니다.

정말이지 곤란한 일이로군요.

그녀에 관해 알면 알수록, 이 나라 간부님의 의뢰를 수행하는 일이 괴로워지고 있습니다.

"어이이이이이이이이이이이이! 너 정말로 질리지도 않는 여자구나! 몇 번 말해야 아는 거야!"

다음 날 아침도 세나 씨는 변함없이 수상한 상인 차림을 한 제게 노성을 지르며 달려왔습니다. 이제 매일 반복되는 일상의 풍경이 되어가고 있습니다.

그녀는 제게 "대체 당신은 언제나 언제나 마을 사람들에게 폐를 끼치고 정말 진짜로 몇 번을 말해야──"라고 끝없이 설교를 반복하고, 저는 그것을 웃으면서 얼버무렸습니다. 이어서 "앞으로는 주의해"라며 한숨을 내쉬는 것이 그녀의 마무리였고, 오늘도 그녀는 같은 대사를 뱉으면서 제 어깨를 두드렸습니다.

그런데 오늘은 그걸로 끝이 아니었습니다.

"그리고, 이거."

생각났다는 듯이 세나 씨는 주머니에서 금화 두 닢을 꺼내서 제 손에 쥐여주었습니다.

"지난번에 내 동료한테 금화 세 닢을 뜯겼지? 차액은 돌려줄게."

물어보니 며칠 전 제 고자질을 듣고서 예의 단죄인을 찾아내서 돈을 돌려받아다 준 모양이었습니다.

"원래대로라면 당신이 사기 같은 짓을 해서 돈을 번 게 잘못이지만. 하지만 금화 세 닢은 너무 많이 받았어."

"…………."

저는 그녀에게 건네받은 금화 두 닢을 가만히 바라보았습니다.

나라의 간부님에게 받은, 단죄인에게 건네기 위한 돈으로 준비된 대량의 금화 중 두 닢.

일부러 돌려주다니 참으로 정직하군요.

"고맙습니다."

정말로. 진짜 곤란하군요. 이렇게나 좋은 사람이면 속이기가 마음 불편하지 않습니까.

그래서 저는 그녀의 옆으로 스르륵 다가가며 말했습니다.

"이거, 받으세요."

말하면서 그녀의 주머니에 꾸러미를 찔러넣는 저.

"당신은 정말로 질리지도 않는구나……."

그저 기막혀하는 세나 씨에게 저는 검지를 하나 세우며 말했습니다.

"다른 사람한테는 비밀입니다."

○

그리고 얼마 후, 저는 숙소로 돌아와 짐을 정리해서 나라를 떠날 준비를 했습니다.

원래부터 이 나라에서 장기 체재할 생각은 없었고, 나라 안에서 나쁜 짓도 충분하고도 남을 만큼 했을 테지요. 간부님도 만족할 겁니다.

아무쪼록 세나 씨와 마지막으로 다시 한번 저녁 식사를 함께하고서 이 나라를 떠나고 싶은 바입니다만.

딱히 저녁 식사를 함께하지 않으면 안 될 의무가 있는 것도 아니니, 크게 상관은 없을 테지요.

수상한 상인 차림을 한 채, 저는 입국할 때 걸었던 길을 되짚어, 입국 때 만났던 단죄인 간부님과 재회했습니다.

"어라······? 당신은?"

이런 상인 차림을 한 채로는 제가 누구인지 모르는 건가요.

저는 후드를 벗으면서 인사를 했습니다.

"여행하는 마녀입니다."

"오오, 마녀님. 기다렸습니다."

입국하고 며칠 만에 약속도 없이 갑자기 찾아왔습니다만, 간부님과는 아무런 문제도 없이 대면할 수 있었습니다. 한가한 것일 테지요.

"바쁘신데 죄송합니다."

"아뇨, 아뇨. 괜찮습니다. 자아, 이쪽으로."

간부님은 저를 테이블이 있는 쪽으로 안내했습니다. 앉자 지난번과 마찬가지로 홍차와 도넛이 준비되었습니다.

하지만 지난번과 달리 다과에 손을 댈 마음은 들지 않았습니다.

오늘 제가 여기 온 것은, 진지한 이야기를 하기 위해서입니다.

"이 나라에 며칠간 체재하면서 여러 가지 것들을 볼 수 있었습니다."

간부님에게 받은 의뢰로 나쁜 짓을 해왔습니다만, "입국할 때 이 나라에는 범죄자가 없다고 들었습니다만, 며칠 머물면서 나쁜 짓을 하는 인간은 셀 수도 없이 보았습니다. 마을 주민이고 단죄인이고 상관없이."

"이런. 그랬습니까? 저에게는 보고가 올라오지 않았습니다만……."

"밖에는 잘 안 나가시나요?"

"간부는 데스크 워크가 주인지라."

"……그렇습니까."

그럼 어쩔 수 없겠군요 하고 고개를 끄덕이고, 저는 세나 씨와 대화 중에 나왔던 화제를 이 자리에서 꺼내놓았습니다.

단죄인이 현재 이 나라에서 신뢰를 잃어가고 있다는 것. 단죄인 중에는 주민에게서 돈을 뜯어낼 대로 뜯어내고 아무런 보고도 하지 않는 괘씸한 사람들이 있다는 것. 일부 악랄한 단죄인이 있는 탓에 성실한 단죄인의 직무에 영향이 나오기 시작했다는 것. 그리고 그들의 상사 중에도 성실한 직원들이 올린 범죄 보고를 없애버리는 자가 있다는 것.

결과적으로 간부님의 귀에 들릴 무렵에는 범죄자가 멋대로 제로가 되어 있다는 것.

"범죄가 표면화되지 않은 것보다도 단죄인이 부패해 있다는 쪽이 문제로 보입니다."

저는 말했습니다.

이대로 이 상황을 방치한다면 이 나라에 악행이 만연해질 겁니다, 라고도.

간부님은 제 말에 "흐음……" 하고 신묘한 표정으로 가볍게 한 번 고개를 끄덕였습니다. 그리고.

"그런데 마녀님. 범죄를 저질러 달라고 하는 제 의뢰는 어떻게 되었습니까? 제가 범죄를 위해 건네드린 금화는?"

그렇게 물었습니다.

어라라? 제 지적은 무시입니까? 뭐, 상관없습니다만.

"의뢰대로, 간부님께 받은 돈이 다 떨어질 때까지 나쁜 짓을 계속했습니다. 받은 돈은 전부 써버렸습니다. 안타깝게도 돌려드릴 돈은 남아 있지 않습니다."

"이거 이상하군요."

분명한 말투로 간부님은 부정했습니다.

이런.

혹시 아까 세나 씨에게 돌려받은 금화 두 닢을 몰래 착복한 것을 들킨 걸까요?

그렇게 한순간 흠칫했습니다만, 그러나 이어서 간부님이 던진 말은 제 상상 밖의 것이었습니다.

"그런 보고는 올라오지 않았습니다."

간부님은 말했습니다.

"제가 드린 금화를 착복한 것이 아닙니까?"

아니, 이분은 대체 무슨 말을 하고 있는 것일까요?

너무나도 이해하기 어려운 그 말에 고개를 갸웃거리고 있으려니, 응접실 문이 벌컥 열리고, 여러 명의 단죄인이 지팡이와 포승줄을 손에 들고서 발을 맞춰 들어왔습니다.

우연히도 그것은 마을 사람들에게 트집을 잡아 돈을 징수하던 단죄인들이었습니다.

그들은 저를 둘러쌌고, 직후 지팡이를 휘두르고, 마법으로 포 승줄을 조작해, 저를 꽁꽁 묶었습니다.

손발의 자유를 빼앗기고, 손끝은 지팡이를 쥘 수 없도록 꼼꼼하게 벌려졌고, 이제 완전히 제가 평범한 범죄자라고 정해놓고 덤벼드는 듯한 모습이었습니다.

"……이건 대체 무슨 짓인가요?"

저는 단죄인들을 노려보며 말했습니다.

"모처럼 당신의 요청대로 마지못해 나쁜 짓을 했는데, 상당히 심한 처사로군요."

"의뢰대로 일을 하지 않았기 때문에 이렇게 된 겁니다. 마녀님."

간부님은 말했습니다.

"마녀님이 이 나라에 온 이후, 마을의 범죄율은 전혀 오르지 않았습니다. 여전히 제로인 채. 마을 주민은 아무도 범죄를 저지르지 않은 겁니다."

착복했다고 생각할 수밖에 없다고 그는 단언했습니다.

제 이야기를 들은 겁니까?

"그러니까 그건 지금 저를 포위한 이 사람들이 보고를 게을리했기 때문이라고──."

아니, 애초에.

"방금 이야기했지요? 여기에 있는 이들처럼 불성실한 직원들뿐이라, 당신 귀에 들어갈 무렵에는 제로가 되어 있는 겁니다."

이 나라에는 범죄자가 없는 것이 아닙니다.

있는 사실을 지워버리는 것에 지나지 않습니다.

"마녀님, 무슨 말씀입니까? 제 부하 대부분은 제대로 일을 하고 있습니다. 직원들에게서 올라온 숫자를 제대로 확인하고 있습니다."

"그럼 제로일 리가 없을 텐데요."

"그렇군요── 그래서 제가 일을 하는 겁니다."

여기에 이르러 그는 매우 간단히 자백했습니다.

"지워버리고 있는 건 바로 접니다."

인식되지 않으면 존재하지 않는 것이나 다름없다.

과연, 단죄인이라는 조직은 제가 생각했던 것보다 훨씬 부패해 있었나 봅니다.

○

"우리 단죄인은 나라에서 범죄인을 없애기 위해 만들어진 조직이며, 범죄자가 나라에서 사라지면 관광객이 많이 찾아와 줍니다."

제가 구속되고, 거의 무방비나 마찬가지가 된 직후에 간부는 의기양양한 얼굴로 태연하게 말하기 시작했습니다.

"하지만 곤란하게도, 이전처럼 범죄자가 만연하지 않은 탓에, **용돈벌이**가 불가능하게 돼서 말이죠."

"…………."

아마도 단죄인이라는 조직 안에서 권력을 나쁜 방향으로 이용하려 하는 인간은 이전부터 일정 수 있었을 테지요.

성실한 단죄인들이 악인을 올바른 방식으로 처벌하는 그 뒤에

숨어서, 그들은 이전부터 그렇게 나쁜 수단으로 돈을 벌어온 것입니다.

"그래서, 최근에는 좀처럼 벌이가 없는 탓에 여행자를 계략에 빠뜨리는 장사를 하게 된 겁니까?"

"장사라니 말도 안 됩니다. 저는 돈을 훔친 여행자를 잡았을 뿐입니다."

"저는 당신에게 죄를 저질러 달라는 부탁을 받았습니다만."

"그러한 비상식적인 일을 부탁한 증거가 있습니까?"

"…………."

"없을 테죠. 이 나라에서는 단죄인이라는 조직이 죄를 심판하고, 그리고 그 단죄인에게 구속되어 있는 당신은 죄를 속죄해야만 하는 처지에 있는 겁니다."

"과연."

이거 곤란하군요.

단죄인이라는 조직이 가진 권력을 너무 얕봤는지도 모릅니다. 이 나라에서는 그들이 죄라고 하면 죄인 것이며, 그리고 사람들에게는 그것에 저항할 수단이 없는 것입니다.

그렇다고는 해도 네 명이나 몰려들어 구속하는 건 명백하게 지나친 것이 아닌지요?

"보통 마법사라면 한 번에 열 명 정도를 구속할 수 있다고 들었습니다만."

하지만 네 분이 저를 포승줄로 꽁꽁 묶고 있습니다.

"혹시 여기 네 명의 단죄인은 제대로 마법을 쓰지 못하는 겁니까?"

힐끗 제 주변에 있는 단죄인 네 명의 안색을 살폈습니다.

너무나도 뻔한 도발에 그들은 얼굴을 찌푸리면서도 입을 다물고 있었습니다.

"상대는 마녀니까요. 조심스러워질 만도 하죠."

그들을 대신해 대답한 것은 간부님이었습니다.

"날뛰기라도 하면 무슨 짓을 당할지 알 수 없죠."

"걱정하지 않아도 양손만 구속해버리면 마법을 쓰는 건 불가능합니다. 반격 같은 건 아무것도 못 합니다."

저는 한숨으로 간부님에게 답했습니다.

"그래서, 이제부터 어떻게 되는 겁니까?"

간부님은 히쭉 미소를 지었습니다.

"그렇군요. 마녀님이 한 행위는 절도니까요. 저한테서 **훔친** 금액을 전부 돌려주는 건 반드시 필요하겠지요. 그리고 벌금 납부와—— 여죄 추궁도 해야만 하니까, 조사를 받게 됩니다."

"여죄인가요."

"당신이 거리에서 수상한 장사를 했다는 소문이 있어서요. 죄가 무겁거나 많거나 하면 조사를 받기 위해 구속되는 겁니다."

"그렇다는 건, 중죄인은 감옥에 들어갈 수 있다는 겁니까?"

"그렇게 되겠군요."

"조사는 얼마나 걸릴까요?"

"글쎄요……. 허위 진술을 하거나, 죄를 얌전히 인정하지 않거나 할 때는 상당히 길어지겠지요. 아, 그리고 피해자에게 사정 청취도 해야만 하니 그 시간도 필요합니다."

"인원수가 많은 경우도 시간이 걸리거나 합니까?"

"당연하죠."

이런.

"그것참 곤란한걸요."

저는 아저씨 같은 말투를 흉내 내면서.

그리고 한숨을 섞어가며 말했습니다.

"그럼── 당신들이 구속되어 있는 동안 저는 나라를 나가지 못한다는 겁니까?"

"……응?"

이 녀석은 대체 무슨 말을 하는 거지? 하고 간부님이 고개를 갸웃거린 직후였습니다.

빙글빙글빙글 하고 간부님의 몸을 뱀 같은 무언가가 감았고, 손발을 묶었습니다.

그것이 지금 저를 구속하고 있는 포승줄과 완전히 똑같다는 것을 간부님이 깨달았을 무렵, 동료인 단죄인 네 명도 마찬가지로 포승줄에 묶이기 시작했습니다.

그들 네 사람이 살아 있는 것 같은 포승줄에 "으아앗!" 하고 한심하게 놀라고, 허둥대고, 당황하며 지팡이를 휘두르기 시작했을 때, 저를 구속하고 있던 포승줄이 툭 풀렸습니다. 손발의 자유를 되찾은 저는 일단 그들에게서 지팡이를 빼앗았습니다.

그 기회를 기다렸다는 듯이 포승줄은 그들을 더욱 단단히 구속했습니다.

순식간에 벌어진 일이었습니다.

"나쁜 사람들이 잡혔군요."

그것참 잘됐다며 만족스레 고개를 끄덕이는 저.

순식간에 이 나라에서 단죄인이라는 입장을 이용해 악행을 벌이던 사람들이 구속되었습니다. 이걸로 조금은 단죄인이라는 직업의 오해도 풀리게 될까요?

그것참 다행입니다.

저는 특별히 무언가를 하지는 않았지만, 어쨌든 일단락이 지어졌으니 일단 일을 마친 듯한 표정을 지어두었습니다.

"……이건 대체 어떻게 된 거야?"

뒤늦게 응접실 문이 열렸습니다.

아주 의아하다는 얼굴을 한 세나 씨가, 지팡이를 들고서 저를 빤히 바라보고 있었습니다.

○

이 나라에 들어온 저는 바로 의문을 품었습니다.

간부님의 말과 달리 나쁜 짓을 하는 사람도 평범하게 존재했고, 저 이외에도 단죄인에게 잡히는 사람이 존재했던 것입니다.

아무도 죄를 범하지 않는다고 한다면 단죄인의 존재조차 인식되지 않을 만큼 평화로워야만 합니다. 그러나 이 나라의 상황은 다른 나라와 전혀 다르지 않았습니다.

죄인은 평범하게 존재했고, 단죄인도 평범하게 일을 했습니다. 하지만 범죄자는 제로라고 간부님은 단언했습니다.

범죄 제로라는 숫자에 이면이 있다는 것은 금세 눈치챘습니다.

문제는 어디서 제로가 되고 있는가 하는 점입니다. 이 나라의 단죄인이라는 조직 어디서 어디까지가 썩어 있는지를 확정하기 위해서는 조금 시간이 필요했습니다.

세나 씨의 이야기를 들으면 들을수록 단죄인이라는 조직은 부패해 있었고, 그리고 그녀와 이야기를 하면 할수록 제게 의뢰한 내용이 의심되었습니다.

혹시 간부님은 저를 덫에 빠뜨려 벌금을 받아낼 셈인 건? 하는 생각에 이르렀을 무렵에는, 저는 이미 몇 번이나 수상한 장사로 벌금을 낸 후였습니다. 이 시점에서 모르는 척하고 도망쳤어도 됐을 테지만, 그러나 단죄인은 묘한 포승줄을 갖고 있어서 구속되어버리면 전부 끝입니다. 그래서 저는 출국 직전, 오늘 아침에 세나 씨와 만났을 때 종잇조각을 그녀의 주머니에 집어넣었던 것입니다.

『저를 몰래 따라오면 좋은 일이 있을 겁니다.』

단 한마디가 쓰인 종잇조각.

수상한 상인인 제 말에 그녀는 따라와 주었습니다.

"……당신 정말로 사람이 나쁘네."

불만스러운 듯 그녀는 얼굴을 뾰로통하게 부풀리면서, 종잇조각을 뭉쳐 휙 던졌습니다. 제가 그녀에게 건넨 종잇조각에 적힌 오늘의 운세에는, 이어지는 내용이 있었습니다.

『매일 당신 머리를 쓰다듬고 있는 마녀로부터.』

제가 누구인지를 알리는 데는 그 한마디로 충분하고도 남는다

©Azure

고 할 수 있을 테지요.

"자, 잠깐……! 자, 자네는 세나 군이었지? 이런 짓은 그만두게. 자네는 그 마녀에게 속고 있어!"

포승줄에 몸의 자유를 빼앗긴 간부님은 필사적으로 그녀에게 호소했습니다.

그러나 세나 씨는 고개를 가볍게 젓더니.

"죄송하지만 여기서 나눈 대화는 전부 들었습니다. 자세한 사정은 조사 때 듣겠습니다."

지팡이를 당겨 밧줄을 한층 더 단단히 조이고서 그녀는 그들 다섯 명을 연행했습니다.

질질 끌려가면서도 체념하지 못한 간부는 필사적으로 호소했습니다. 얼마지? 얼마를 원하나? 출세하고 싶다면 내가 잘 말해 줄 수 있는데? 등등.

형편 좋고 수상하기만 한 한심한 말들이 그녀에게 쏟아졌습니다.

"세나 군, 기다려보게. 이야기를, 이야기를——."

그리고 간부님은 그녀의 걸음을 멈출 만한 말을 필사적으로 찾았습니다만.

"죄송하지만."

그러나 그녀는, 달라붙었던 것이 떨어진 양 속 시원한 미소를 지으며, 뒤를 돌아보고.

그리고 말했습니다.

"기다리는 건 이제 싫습니다."

○

세나 씨의 손에 잡힌 나쁜 단죄인들과 간부님은 그로부터 얼마 후 단죄인 본부에 의해 정식으로 처벌받게 되었다고 합니다.

나중에 조사로 판명된 것입니다만, 아무래도 그들은 꽤 오래전부터 사기 같은 수법으로 마을 사람들과 여행자들에게서 돈을 뜯어내고 있었는지, 조사하면 조사할수록 새까맣다고 할까, 수십 년 전 치안이 나빴던 무렵에 만연했던 악인들보다 훨씬 악질적이지 않으냐며 마을에서 그럴듯하게 소문이 퍼질 정도였다던가요.

그런 간부 일행의 악행을 폭로한 세나 씨는 나라에서 표창을 받게 되었습니다.

"앞으로는 단죄인 조직 개혁이 이뤄질 거래."

평소처럼 레스토랑에서 마주 앉은 그녀는 "시간이 지나면, 지금보다 분명 나은 나라가 될 거야"라고 담담히 이야기했습니다.

"그렇습니까."

대꾸를 하면서 저는 약간의 위화감을 느꼈습니다.

"오늘은 평소처럼 테이블에 푹 엎드리거나 하지 않는군요."

오늘의 세나 씨는 어느 쪽인가 하면, 거리를 감시하던 때 볼 수 있었던 표정을 하고 있었습니다.

"테이블에 엎드려? 그런 꼴사나운 짓을 할 리가 없잖아."

흥 하고 재미없다는 듯이 그녀는 고개를 돌렸습니다.

어라라?

"수상한 상인 앞에서는 그런 얼굴을 할 수 없는 겁니까?"

"딱히 그런 거 아니거든."

세나 씨는 고개를 저은 다음 이쪽을 바라보았습니다.

"그저, 누가 보고 있을지 모르잖아. 표창을 받은 직후니까."

과연, 그렇군요.

"그렇지요──."

저는 고개를 끄덕였습니다.

사람이 살아 있는 한, 누구의 눈에도 띄지 않는다는 것은 매우 어려운 일입니다. 남에게 존재가 인식되는 한, 사람의 행동은 반드시 타인의 기억에 남습니다.

그것이 설령 좋은 일이라 해도.

나쁜 일이라 해도.

조금 부끄러운 일이라 해도.

"언제든 반드시, 누군가를 누군가가 보고 있으니까요."

저는 그녀의 머리를 만지면서, 머리카락의 결을 따르듯이 쓰다듬으면서, 말했습니다.

"…………."

세나 씨는 눈을 동그랗게 뜨더니.

"응? 뭐 하는 거야?"

"옳지 옳지."

"어째서 나 지금 쓰다듬어지고 있는 거야?"

"옳지 옳지."

"방금 이야기 들은 거 맞아? 저기?"

"다른 사람한테는 비밀입니다."

후후후하고 웃음소리를 내면서 저는 그녀를 놀렸습니다.

세나 씨는 그런 제게 "정말이지……" 하고 기막혀하고, 턱을 괴면서 입가를 가렸습니다. 조금 풀어져 있습니다. 이러쿵저러쿵 투덜대면서도 싫지만은 않은 모습이 보였습니다.

분명 앞으로 이 나라는 그녀가 말한 대로, 지금까지보다 조금 제대로 된 나라가 될 테지요. 그러나 그런 제대로 된 나라가 될 때까지, 세나 씨 같은 제대로 된 사람의 고생이 있었다는 것은 잊어서는 안 됩니다.

그렇기 때문은 아니지만.

작별의 인사 대신에, 저는 그녀의 머리를 쓰다듬었습니다.

"돈을 낸다면 그만둬 줄 수도 있습니다."

"당신 정말로 전혀 반성하질 않는구나."

빗자루 두 개가 평원을 나란히 날고 있었습니다.

저와 스승님 사이로 차가운 바람이 스쳐 갑니다. 화창한 봄의 햇살 속을 뛰어다니는 바람은 사락사락 화초 속으로 파고들어 소리를 내고 있었습니다.

그것은 참으로 멋진 시간이었고, 저는 이 시간이 쭉 이어지면 좋겠다고, 스승님을 보면서 생각했습니다.

"과연. 평원을 빗자루로 날고 있으면 이 시간이 쭉 이어졌으면 좋겠다는 생각을 하는구나. 그렇구나. 그런데 프랑. 그 외에는 무얼 느끼니? 다음 나라는 어떤 식으로 보여? 내 얼굴은 네게 어떤 식으로 보일까?"

잿빛 머리카락을 흩날리면서 스승님은 이쪽으로 고개를 돌렸습니다.

옅게 미소 지으며 그녀는 펜을 움직였습니다. 어떤 식으로라고 말씀하신들 곤란할 뿐입니다. 여전히 아름답다고 말해두면 되는 걸까요?

"후후후후후. 여전히라는 건 언제나 아름답다고 생각한다는 거구나…… 부끄럽게……."

봄바람 같은 기분파인 제 스승님은 갑작스럽게 떠오른 생각을 따라 잘 이해할 수 없는 제안을 해 오는 일이 가끔 있었습니다. 오늘도 그런 스승님에게 갑자기 "저기, 지금 어떤 기분이야? 가르쳐줘"라는 질문을 받았고, 저는 떠오르는 대로 감상을 말했습니다만.

"봄바람은 딱히 기분파가 아니라고 봐. 지금 표현은 별로야."

".........."

기분을 가르쳐달라고 말하면서 자꾸만 지적을 끼워 넣는 것이 저의 스승님이라는 사람이었습니다. 제 스승님은 냉정합니다⋯⋯. 그야말로 봄바람처럼.

"아니 사실을 평범하게 말했을 뿐이야⋯⋯."

과장되게 한숨을 내쉬는 스승님.

"애초에 대체 저는 무얼 하고 있는 건가요⋯⋯."

이끌리듯이 저도 한숨을 내쉬었습니다.

"스승님이 무얼 원하는 건지 모르겠습니다."

무슨 말을 원하는 것인지 알려준다면 생각해보겠지만, 그것조차 없어서는 감상을 말할 도리가 없지 않습니까?

그러나 스승님은 그런 제게 고개를 저어 보였습니다.

"그래서는 의미가 없어. 나는 지금 너의 솔직한 감상을 원해."

"어째서죠?"

".........."

스승님은 잠시 망설이다 대답했습니다.

"지금 좀, 소설을 쓰고 있는데, 여행을 시작했을 때의 기분을 잘 못 쓰겠어."

소설인가요.

"읽게 해주세요."

"싫어. 아직 다 못 썼는걸."

"그럼 다 쓰고 나면 읽게 해주는 거죠?"

"응. 그러니까 너도 협력해줘."

눈을 가늘게 뜨며 스승님이 미소 지었습니다.

"그래서, 지금은 무슨 생각을 하고 있어?"

"그러네요. 스승님이 쓴 이야기를 얼른 읽어보고 싶다고 생각하고 있어요."

"너 융통성이 없다는 말 자주 듣지 않아?"

"하지만 제게 묻지 않아도 스승님 역시 여행자잖아요? 여행을 시작했을 때의 기분 같은 건 과거의 자신을 떠올리면 될 뿐인 이야기 아닌가요?"

그러자 스승님은 이런 이런 하며 어깨를 으쓱였습니다.

"프랑. 여행자에게 있어, 여행이란 생활의 모든 것을 나타내는 말이야. 이동하고 있는 지금 이 순간부터, 여행지에서 식사를 하는 순간도, 자고 있을 때도, 숙소에서 멍하니 있는 순간까지, 하나부터 열까지 생활 모든 게 여행이야."

"사전에 따르면 여행이란 다른 땅으로 가는 것, 또는 유람이라고 되어 있습니다만."

"너 융통성이 없다는 말 자주 듣지 않아?"

"아뇨그런말은들은적이없습니다."

"덤으로 기억력도 나쁘다니 놀랍네."

"그래서 스승님, 생활 모든 것이 여행이니 어떻다는 건가요?"

"나도 이미 오랫동안 여행을 하고 있으니까, 여행을 시작했을 때의 신선한 기분이라는 걸 잊어버렸어."

과연.

"즉, 우리는 기억력이 부족한 닮은꼴이라는 건가요……."

"산 세월이 다른데……."

스승님은 어처구니없어하며 대꾸했습니다.

아무튼, 그러한 사정으로 제게 인터뷰를 하고 있었다, 라는 것일까요?

"그래서, 지금은 무슨 생각을 하고 있어?"

새삼스레 스승님은 제게 물었습니다.

"다음 나라에 얼른 도착했으면 좋겠다고 생각하고 있어요. 고양감이 드네요."

제가 그리 대답하자 스승님은 "다음 나라가 눈앞에 보이기 시작하면 어서 도착하고 싶다며 고양감이 든다…… 그러고 보니 나도 여행을 시작했을 때는……."

그렇게 중얼거리면서 펜을 놀렸습니다.

글자를 적는 데 집중하고 있는 스승님을 대신해서, 저는 빗자루 앞쪽을 바라보았습니다.

평원 너머로 보이는 것은 시선을 살짝 돌리기만 해도 놓치고 말 정도로 작은 건물 무리. 그 너무나도 미덥지 못한 존재감은, 나라라고 부르기보다 집락이라 부르는 편이 적절할 것 같습니다.

"……곧 도착하겠네요."

스승님에게 한 말에 거짓은 없습니다.

눈앞에 보이기 시작한 나라의 모습에, 제가 고양감을 느끼고 있다는 것은 사실입니다.

　이 나라는, 정식 나라 이름과는 달리 유명한 통칭이 있습니다. 아마도 여행자나 상인들 사이에서는 그 이름으로 불리는 경우가 더 많지 않을까요? 약간 허풍스럽고, 수상하고, 하지만 여행자라면 당연하게도 흥미를 느끼는 통칭이 이 나라에는 존재했습니다.

　저는 놓치지 않도록 나라를 바라보면서, 그 이름을 중얼거렸습니다.

　연기자의 나라 레키온.

　다른 이름은.

　"이야기의 나라──."

○

　스승님이 이 나라에 관해 안 것은 꽤 오래전의 일이라고 합니다.

　"거기, 언니. 이 근처에 재미있는 나라가 있는데, 흥미 없어? 연기자의 나라 레키온이라는 곳인데."

　어느 레스토랑에서 스승님이 혼자 식사를 하고 있던 때, 척 보기에도 경박한 남자가 이 나라에 관해 가르쳐주었습니다.

　"이 이야기의 나라라는 데는 정말이지 대단해서 말이야, 문지기 병사의 인사부터가 벌써 대단하다니까."

　그런 말을 해가며 스승님에게 이 나라의 위치가 적힌 지도(유료)를 쑥쑥 떠밀었던 것입니다.

　그러나 지도에 적힌 나라에 가는 일은 없었습니다. 스승님은 지도를 산 일을 까맣게 잊고 다른 나라로 가버렸던 것입니다.

　매우 재미있어 보이는 나라인데 바로 잊어버리다니 스승님답지 않은 느낌이 듭니다만, 아무튼 그 후로 오랫동안 이 일은 기억 저편으로 밀려났습니다.

　그리고 며칠 전.

　"거기, 언니들. 이 근처에 재미있는 나라가 있는데──."

　저와 스승님이 식사를 하고 있을 때, 이번에도 역시 묘한 남자가 말을 걸어왔던 것입니다. 스승님은 이때 꽤 오래전에 지도를 샀던 것을 떠올리고, 그리고 나라의 이름을 알고서 몇 년의 세월을 지나, 이야기의 나라로 빗자루를 타고 날아가기에 이르렀던 것입니다.

　그것참.

　연기자의 나라 레키온이란, 이야기의 나라란 어떠한 나라일까요?

　"어서 오십시오. 우리나라는 연기자의 나라 레키온! 여기는 사는 사람 전부가 주연이고 조연이며 관객인 이야기의 나라! 당신들의 방문을 진심으로 환영합니다!"

　네.

　이야기의 나라라고 자칭하는 만큼, 이 나라는 입국 심사도 색달랐습니다.

　우선 문 앞에 도착하자 문지기 병사님이 저희 앞에서 무릎을 꿇고, 열정적으로 노래하면서 나라 설명을 시작했습니다. 이른 아침이건만 기운이 넘치는 문지기 병사님. 그러나 반면 우리는 정색하고 있었습니다. 처음부터 큰 온도 차를 느끼고 저는 눈앞이 어질어질했습니다.

"인사가 늦었습니다. 저는 열정적인 문지기 병사. 당신들의 입국 심사를 담당할 겁니다."

그리고서 저희는 문지기 병사님에게 각자의 이름과 체재 예정 일수, 입국 목적 등등, 단순한 질문에 답했습니다. 먼저 스승님이 답했고, 체재 예정 일수는 대략 2박 3일 정도, 입국 목적은 흥미가 생겨서라고 했습니다.

"제 이름은 프랑입니다. 체재 예정 일수와 입국 목적은 옆 사람과 같습니다."

그리고 저는 그렇게 말해두었습니다.

문지기 병사님은.

"좋습니다!"

힘차게 고개를 끄덕인 다음, "그럼 두 분, 부디 이걸 주변에 잘 보이는 위치에 달아 주십시오"라며 오늘 날짜가 쓰인 금색의 둥근 배지를 건네주었습니다.

이건 대체 뭡니까? 하고 스승님이 고개를 갸웃거리자, 문지기 병사님은 "이건 손님 배지라는 겁니다. 우리나라에 사는 연기자들과 구별하기 위해 달게 하고 있습니다"라고 답했습니다.

문지기 병사님이 처음 말했던 것처럼 이 나라에 사는 사람들은 전부 주연이고 조연이고 관객. 그러나 관광객에게까지 이러한 역할을 전부 주는 것은 지나친 일일 테지요. 그래서 배지를 건네고, 그저 관객이라는 사실을 주변에 알리는 것이라고 합니다.

거절할 이유도 없는지라 저희는 흔쾌히 배지를 가슴께에 달았습니다.

"그리고 우리나라에는 주의 사항이 몇 가지 있습니다. 이것들을 깨면 벌금을 내야만 하니 조심해주십시오."

나라 사람들 모두가 연기자라고 하니, 나라 안에서 엄격한 규칙이 정해져 있는 것은 자연스러운 일일 테지요. 연기자님은 지켜져야만 합니다. 문지기 병사님은 "연기자에게 무리하게 사인을 요구하지 말 것" "연기자에게 무리한 요구를 하지 말 것" 등의 규칙을 "관객으로서 지켜야만 할 것"으로 들고, 그리고서.

"입국한 다음은, 처음에 신고한 예정 체재 일수를 깨서는 안 됩니다."

그런 규칙을 "관광객으로서 지켜야만 할 것"으로서 들었습니다.

벌금이 있다는 말에 긴장했습니다만, 그러나 들은 규칙은 전부 매우 일반적이고 상식적인 것이었습니다. 그래서 저와 스승님은 각기 흔쾌히 승낙했습니다.

"좋습니다!"

그렇게 우리는 이야기의 나라로 입국할 수 있었습니다.

○

모난 돌바닥이 깔린 큰길을 우리는 걸었습니다.

들은 이야기에 따르면 이 연기자의 나라 레키온이라는 나라는 옛날에 무너졌고, 사람이 사라진 나라를, 주변 여러 나라에서 모인 연기자들이 나라로, 그리고 연기를 갈고닦는 연습장으로 이용하기 시작했던 것이 성립 배경이라고 합니다.

연기자의 나라 레키온으로서의 역사는 물론이고, 이 토지 자체의 역사는 더더욱 길었고, 그러한 사정도 있어서인지 마을은 어딘가 낡았고, 거리에서 보이는 것은 허름하고 이끼가 낀 건물들.

역사를 느끼게 하는 차분한 모습이라고 말할 수 있을 테지요.

"…………."

그러나 거리에 가득한 사람들에게는 차분함이라는 것이 전혀 없었습니다.

"이놈! 멈춰라아아아!" "멍청한 놈! 멈추라고 해서 멈출까 보냐!"

큰길.

아이들처럼 떠들썩하게 빗자루를 타고 날아다니는 나이를 먹을 만큼 먹은 어른이 둘. 『도주범』이라고 쓰인 간판을 짊어진 한 사람은 과일이 진열된 노점에 성대하게 부딪히며 거리를 질주했습니다.

"꺄아아아아! 내 가게가!"

노점 주인이 비명을 질렀습니다. 길이 빨강과 주황과 노랑으로 넘쳐났습니다.

"아가씨, 괜찮으십니까!"

그러자 즉각 어디선가 나타난 청년이 노점의 주인과 함께 과일을 주워 모았습니다.

『사랑의 시작』

그렇게 쓰인 간판이 두 사람 옆에 놓여 있었습니다. 어찌 된 일인가 하고 보고 있으려니, 이윽고 손과 손이 과일 위에서 맞닿았고, "아, 죄, 죄송합니다……!" "아, 아니 저야말로!" 하고 새빨개졌습니다.

그러한 드라마틱한 전개의 연속에서 시선을 돌려보니, 거기에서도 또 다른 이야기가 펼쳐지고 있었습니다. 그리고 다시 시선을 돌리면 또 다른 이야기.

이 나라는 여기저기서 이야기가 펼쳐지고 있었습니다.

"이게 이야기의 나라……!"

저는 그런 나라의 정경에 고양되었습니다.

"과연── 주연이기도 하고 조연이기도 하고 관객이기도 하다더니, 정말 그러네."

한편 스승님은 일기에 글을 적으면서 냉담하게 중얼거렸습니다.

제가 고개를 갸웃거리자 스승님은 "이 나라 사람들이 하는 연기는 말하자면 길거리 공연 같은 걸 거야. 거리 여기저기에서 하는 연기로 조금씩 돈을 버는 것 같아."

그렇게 말하면서 길 저편을 펜으로 가리켰습니다.

그 끝에는 사람들의 시선을 개의치 않고 당당하게 열정적으로 포옹하는 두 남녀의 모습이 있었습니다. 어쩐지 부끄러운 광경에 시선을 돌리고 싶어졌지만, 자세히 보니 두 사람의 옆에는『사랑하는 두 사람』이라는 제목의 간판이 있었고, 그 바로 아래에는 작은 깡통이 하나 놓여 있었습니다.

길을 오가는 사람들은 두 사람 앞에 멈춰서서 지켜보고는 "연기가 좋군" 하고 평가하며 깡통 안에 돈을 던져넣었습니다.

"이 마을 사람들은 서로 연기를 칭찬하고, 서로 연기력을 갈고 닦고 있는 거겠지."

그렇기에 주연이기도 하고 조연이기도 하고 관객이기도 한 것일 테지요.

이 나라의 사람들에게 연기란 이제 생활의 일부가 되어 있는가 봅니다.

"아아! 오늘은 이 얼마나 좋은 날인지! 어서 오세요!"

네.

시험 삼아 찻집에 들어가 보니, 마치 세상이 온통 멋진 것들로 가득하다는 양 종업원분이 빙글빙글 춤을 추면서 우리를 자리로 안내했습니다.

종업원분의 가슴께에는 『귀하게 자란 딸인 점원』이라는 수수께끼의 글자가 적힌 보드가 달려 있었고, 그리고 역시 깡통이 매달려 있었습니다.

"좋은 연기야! 그럼 다음은 『어두운 점원』을 부탁해!"

가게 안에 있던 다른 한 손님이 종업원을 불러 세우고, 돈을 깡통에 던져 넣었습니다. 그러자 망가진 것처럼 웃으며 춤추던 그녀는, 가슴께의 간판 글자를 다시 쓰더니 또 다른 의미로 망가진 것처럼 어깨를 추욱 늘어뜨리고는 "⋯⋯⋯⋯나는 어째서 이런 가게에서 일하고 있는 걸까⋯⋯ 죽고 싶어⋯⋯"라며 한숨을 내쉬었습니다.

가게 안이 그렇게 조용해졌을 때 저와 스승님은 손을 들고서 종업원을 부르고, 음식을 주문했습니다.

"이 파스타를 두 개."

스승님은 메뉴판 제일 위에 쓰인 파스타를 가리켰습니다. 일단 이런 가게에 들어왔을 때는 추천 메뉴를 주문하면 실패하지 않는다는 것이 저와 스승님의 공통 인식이었습니다.

조금 전과 달리 갑작스럽게 성격이 바뀐 종업원은 메뉴판을 들여다보며 메모를 하더니, 휙 고개를 갸웃거렸습니다.

"그것뿐인가요……?"

어두운 눈동자가 저희를 내려다보았습니다.

"그것뿐입니다만……."

딱히 배도 별로 고프지 않고요──라는 스승님.

"후회, 하지 않겠어요……? 정말로, 후회하지 않겠어요……?"

"안 할 거라고 생각합니다만……."

"알겠습니다…… 유감…… 유감이에요…… 후후후후……."

스승님에게 묘한 압박을 가한 다음에 종업원은 깊은 한숨을 내쉬고서 자리에서 멀어져갔습니다.

저건 대체 뭐였던 걸까요 하고 고개를 갸우뚱하면서 저는 메뉴판을 다시 내려다보았습니다.

메뉴판에는 음식과 음료가 나열되어 있을 뿐 아니라, 자세히 보니 구석 쪽에『행사』라는 칸이 있었습니다.

이미 본『귀하게 자란 딸인 점원』과『어두운 점원』외에도,『화를 잘 내는 점원』과『의욕이 전혀 없는 점원』, 그리고『마구 아양을 부려대는 점원』과『세상을 얕보고 있다고밖에는 생각할 수 없는 근본이 썩은 점원』,『누구에게나 붙임성 있는 팔방미인이면서

애정에 굶주린 약간 마음에 병이 있는 점원』등, 종류는 놀랄 만큼 풍부했습니다. 풍부한 데다 구체적이었습니다. 이제 대체 무얼 파는 가게인지 고개를 갸웃거리게 될 정도였습니다.

결국 우리는 그렇게 다른 손님에게 불려 세워져서는 재미있을 만큼 팔색조처럼 변하는 종업원을 바라보면서 식사를 했습니다.

"맛은 평범하네."

스승님은 우물우물하며 종업원을 눈으로 좇으면서 말했고.

"가격도 평범하네요."

그리고 저는 지갑에 남은 돈을 세면서 고개를 끄덕였습니다.

그렇게 배가 든든해진 우리가 거리를 걷고 있으려니, 역시 지금까지와 마찬가지로 간판을 든 분이 보였습니다.

『훌륭한 남자』

라고 적힌 간판을 옆에 두고, 포즈를 취해 보이는 남성.

다른 나라에서 발견한다면 그저 수상한 사람 그 자체일 테지만, 이 나라에서는 이러한 광경이 흔하디흔한 평범한 광경이었습니다.

"벌써 익숙해졌네."

"그러네요."

저는 스승님의 말에 수긍했습니다.

"그나저나 저 남성은 무엇이 훌륭한 걸까요?"

"얼굴 아닐까?"

우리는 그런 잡담을 나누면서 『훌륭한 남성』이라는 사람의 앞을 그대로 지나쳤습니다.

직후입니다.

"얼굴이 좀 괜찮은 정도로 훌륭한 남성을 자처하지 마!" "연기자가 되고 싶은 건지 잘난 얼굴을 자랑하고 싶은 건지 확실히 하라고!" "처음부터 다시 하고 와!"

화난 목소리가 등 뒤에서 들려왔습니다.

돌아보니 『훌륭한 남자』 간판을 세워뒀던 그를 향해서 과일과 채소와 돌 등등, 온갖 물건이 날아들고 있었습니다.

성실하게도 그들은 돈을 깡통에 넣고서 "웃기지 마!" 하고 화냈습니다. 그 모습은 마치 돈만 내면 무슨 짓을 해도 괜찮다고 말하는 것만 같았습니다.

민중의 맹공에 남성은 "크으으으……!" 하고 잘생긴 얼굴과 어울리지 않는 못난 목소리를 내면서 쓰러졌습니다.

이게 『훌륭한 남자』라고 합니다만.

"저 남성은 무엇이 어떻게 훌륭한 걸까요?"

"어머. 모르겠니? 프랑."

"스승님은 아시나요?"

"얼굴이야."

대답한 직후에 남성의 얼굴에 파이가 직격했고 얼굴이 제대로 보이지 않게 되었습니다.

"저 얼굴이 어디가 훌륭한 건가요?"

"…………."

스승님은 잠시 입을 다문 다음에 헛기침을 한 번.

"프랑, 알겠니? 저 남성은 주변 사람에게 어떠한 취급을 당하더라도 태연하게 서 있잖아? 이 모습에서 무얼 알 수 있을 것 같니?"

"아무것도 모르겠습니다."

"후후. 아직 멀었구나."

의기양양한 표정을 지으면서 조금 전까지의 대화를 그대로 없었던 일로 치는 나의 스승님.

"저 남자를 보렴. 그는 절대 반격을 하지 않잖아. 그야말로 진정한 박애주의자라는 거지. 누구에게 무슨 일을 당해도 결코 받아치지 않아. 그 기상이야말로 저 남자를 훌륭한 남자로 만들어 주고 있는 거야."

"아뇨 절대 아니라고 봅니다만."

평범하게 비판을 받고 있을 뿐이 아닌가요…….

"힛힛힛. 이 나라에서는 자신의 사명을 다하지 못한 자는 모조리 저런 꼴을 당하지."

제가 어이없어하고 있으려니, 어디선가 이름도 모르는 할머님이 다 안다는 얼굴로 우리 사이에 끼어들었습니다.

"할머님 자세히."

"이런, 아가씨. 흥미가 있나 본데?"

제가 고개를 끄덕이자 할머님은 "힛힛힛. 그럼 이야기를 해줄까" 하고 수상함 만점인 말투로 이야기하기 시작했습니다.

"이 나라는 연기자의 나라. 잘한 연기는 칭찬을 받고, 못한 연기는 욕을 먹지. 그렇게 훌륭한 연기자들이 밤낮 절차탁마하여 연기 기술을 갈고닦기 시작한 것이 그 내력이라네."

갑자기 나타난 설명 좋아하는 할머님이 말하길, 이 나라는 연기 기술을 서로 갈고닦는 훌륭한 나라인 동시에, 제대로 연기를 못하는 서투른 사람은 철저하게 비난을 당한다고 합니다.

이 나라 사람은 모두 연기자이며, 그리고 연기자의 역할은 관객을 즐겁게 해주는 일. 그 역할을 해내지 못한다면 욕을 먹어도 어쩔 수 없다, 라는 사고방식의 나라인가 봅니다.

"과연, 그렇군요."

그런고로 새삼 다시 『훌륭한 남자』를 바라보는 저.

"그렇다는 건 저쪽 남성은."

"평범하게 얻어맞고 있을 뿐이라네."

"그렇다고 합니다 스승님."

"…………."

스승님은 나잇값도 못 하고 뺨을 부풀렸습니다.

"뭐, 그런 견해도 있는 거지."

그리고 홱 고개를 돌렸습니다.

삐쳤어…….

"잘 기억해둬. 이 나라는 이야기의 나라. 역할을 해내지 못하는 자는 도태되는 냉엄한 나라야."

"그런 것 같네요."

저는 고개를 끄덕이고, 잘생긴 남성이었던 분에게 시선을 돌렸습니다.

남성은 "젠장……" 하고 중얼거리면서, 지갑에서 돈을 꺼냈습니다. 손이 뻗어간 곳에는, 대체 언제부터 거기에 있었던 것인지 입국 심사를 해주었던 문지기 병사님과 같은 차림을 한 분이 있었고, "벌금, 확실히 받았습니다"라며 냉담한 목소리로 알렸습니다.

으으음?

"저건 뭔가요?"

설명 좋아하는 할머님에게 다시 묻는 저.

그다지 드문 광경도 아닌가 봅니다. 할머님은 별로 놀라지도 않고, "보이는 그대로야" 하고 고개를 끄덕이더니.

"역할을 해내지 못한 자는 벌금을 내야만 하는 거지"라고 답했습니다.

그리고 겸사겸사라는 듯이 할머님은 『설명 좋아하는 할머니』라고 쓰인 간판과 깡통을 우리를 향해 들어 보였습니다.

………….

여기서 저는 문득 생각했습니다.

연기자의 역할은 관객을 즐겁게 하는 것.

그렇다면 관객의 역할은 대체 무엇일까요?

"──이봐, 너희 잠깐 괜찮을까?"

툭 하고 누군가 저와 스승님의 어깨를 두드렸습니다. 뒤돌아보니 제복 차림의 남성이 한 명.

그는 냉담한 눈빛을 우리에게 보내며 묻는 것이었습니다.

"주민에게 불만이 접수되었는데── 너희, 연기자들에게 돈을 냈나?"

관객의 역할을 다한 건가──라고.

○

　입국한 직후부터 지금에 이르기까지, 우리는 수많은 연기자의 연기를 보아왔습니다. 그러나 저도 스승님도 돈을 일절 내지 않았습니다.

　타국에서 흔하게 볼 수 있는 길거리 공연처럼 "괜찮다면 돈을 주세요"라는 의미의 깡통이라고 우리는 멋대로 믿고 있었습니다만, 그러나 이 나라에서는 연기자가 연기를 하고 있으면 돈을 반드시 내야만 하고, 내지 않은 자는 벌금이라고 합니다.

　터무니없군요.

　너무나도 터무니가 없습니다. 그러나 로마에 가면 로마 법을 따르라고 합니다. 어깨를 두드려진 시점에서 저와 스승님에게는 돈을 내는 것 이외의 선택지는 없었습니다.

　"당했네……."

　이 나라 사람들은 길에서 연기를 하는 분에게 돈을 내는 것에 아무런 저항도 없는 것일 테지요. 이 나라에 사는 모든 사람이 연기자니까요. 돈 같은 건 간판을 세워두면 바로 벌 수 있습니다.

　그러나 우리 같은 관광객에게는, 돈을 벌 수단이 없는 것입니다.

　즉, 이 나라에 머물면 머무는 만큼 돈이 낭비된다는 뜻이 됩니다.

　"프랑. 바로 이 나라를 나가자."

　"그러네요. 스승님. 이 나라는 틀렸습니다. 사기꾼의 나라예요."

　속았다는 사실을 깨닫고 이 나라를 나가기로 한 저와 스승님. 큰길에서 연기를 펼쳐 보이는 사람들에게 돈을 계속해서 내면서,

우리는 지나왔던 길을 되돌아갔습니다.

그러나 출국은 불가능했습니다.

"기다려주십시오! 2박 3일이라고 신청하셨기 때문에 출국은 허가할 수 없습니다!"

문지기 병사님이 삐익 하고 호각을 불며 제지해 왔습니다.

우리는 입국할 때 "관광객으로서 지켜야 할 것"으로서 맨 처음 신고한 체재 예정 일수를 깨서는 안 된다고, 약속을 나누었습니다.

문지기 병사님이 말하길, 너무 짧아도 너무 길어도 안 된다며.

"제대로 당했네……."

"즉, 입국할 때부터 이미 함정투성이였다는 건가요……."

이 나라는 아무래도 여행자와 상인 등의 관광객에게 전혀 친절하지 않은 모양입니다.

나라에 있는 한 돈을 뜯기고, 그리고 나가는 것조차 허락되지 않는 것입니다.

2박 3일간의 체재로, 저와 스승님은 그 후로 온종일 연기와 함께했습니다. 지출을 최소한으로 낮추기 위해 식사할 때 이외에는 숙소에서 나가지 않기로 했습니다만, 그래도 거리 곳곳에서 연기는 펼쳐지고 있는 것입니다.

"이렇게 된 이상 본전을 찾기 위해 끝까지 보겠어. 프랑."

그리고 고집을 부리기 시작한 스승님은 거리에서 발견할 때마다 집어삼킬 듯이 연기를 보고는 펜을 놀렸습니다. 모처럼이니 세세하게 기록을 남겨두고 싶은가 봅니다.

"스승님 왠지 즐기고 있지 않은가요?"

"그럴 리가 없잖아."

스승님은 한숨을 쉬며 답했습니다.

그리고 얼마 후 스승님은 번뜩 어떤 생각을 떠올렸습니다.

"눈을 가리면 연기를 감상하지 않은 게 되는 건⋯⋯?"

그 발상은 그야말로 천재와 같았고. 스승님은 못 기다리겠다는 듯이 자신의 두 눈을 천으로 가렸습니다.

"후후후⋯⋯ 이거라면 아무도 내게 돈을 지불하게 할 수 없을 거야."

그러나 곧이어 그녀 곁으로 한 여성이 다가오더니, 귓가에 대고 "옛날 옛날 한 옛날에 어느 곳에──" 하고 낭독을 시작했습니다.

이렇게 스승님의 천재적인 발상은 평범하게 목소리뿐인 연기에 의해 평범하게 깨졌습니다.

"이건 한 방 맞았네⋯⋯."

"스승님 역시 왠지 즐기고 있지 않은가요?"

"그럴 리 없잖아."

아무튼.

이리하여 우리는 이야기의 나라에서 2박 3일 체재를 버텨내고, 나라를 나왔습니다.

"후후후후후후후후⋯⋯."

멀어져가는 나라를 돌아보며 스승님은 빗자루 위에서 아주아주 즐겁게 웃었습니다.

아주아주 못된 얼굴로.

○

그런데.

여기서 한 번, 이야기의 나라에 오기 전의 일을 돌이켜보지요.

"거기, 언니들. 이 근처에 재미있는 나라가 있는데——."

저와 스승님이 식사를 하고 있을 때, 묘한 남성이 말을 걸어왔습니다.

남성은 자신을 여행자라고 소개하고, 근교에 있는 연기자의 나라 레키온이라는 기묘하고 사기꾼투성이인 지독한 나라 이야기를 들려주었습니다.

말하길, 이 나라는 입국 직후부터 이미 함정투성이로, 어떤 여행자든 상인이든 금세 지갑을 비우게 만들고 마는 악마 같은 나라라고 했습니다.

"연기자의 나라 레키온……? 아아."

이야기 도중에 스승님은 "그러고 보니" 하고 손뼉을 치며 떠올렸습니다. 스승님은 이 연기자의 나라 레키온으로 가는 지도를 예전에 샀던 적이 있다고 합니다.

"지도까지 사놓고 가지 않았던 건가요?"

저는 물었습니다.

"왠지 수상했는걸."

스승님은 답하면서 "아무래도 가지 않은 게 정답이었나 보네——" 하고 남성의 이야기에 귀를 기울였습니다.

남성도 예외가 아니었고, 돈을 빼앗기고 말았는지 "이 이야기를 부디 여러 나라에 퍼뜨려줘! 나 같은 피해자를 늘리지 않기 위해서도!"라며 우리에게 부탁했습니다.

스승님은 고개를 갸웃거렸습니다.

"그런데 연기자의 나라 레키온에서 어떤 식으로 돈을 뜯겼어? 자세히 가르쳐줄 수 있을까?"

"그게 지독한 사기를 당해서──."

"어떤 사기?"

"응? 사기는 사기지. 그 이상도 그 이하도 아니라고. 아무튼, 너희는 이 연기자의 나라 레키온에 사람이 가지 않도록, 이 지도를 레스토랑이나 숙소에서 퍼뜨려줘."

자세히 묻자 남자는 이야기를 얼버무리고, 연기자의 나라 레키온의 구체적인 위치가 기록된 지도 다발을 우리에게 건네주고 떠나갔습니다. 그리고 그는 다른 자리에서 식사 중인 여행자에게도 마찬가지로, 연기자의 나라 레키온이 얼마나 지독한 나라인지를 이야기하기 시작했습니다.

스승님은 그런 남성의 등을 바라보며, 한마디.

"뭔가 수상한걸."

몇 년 전이었다면 아마도 경계하며 실제로 가는 일은 없었을 테지요. 어찌 생각해도 몇 년 전에 스승님이 만났던 수상한 남자의 동료입니다.

그러나 다음 날이 되고, 스승님은 펜과 책을 손에 들고 예의 그 나라로 가겠다는 말을 꺼냈습니다.

"나쁜 나라라는 말을 들었는데 가는 건가요?"

제가 묻자, 스승님은 당연하다는 듯이 고개를 끄덕였습니다.

"정말 그렇게 지독한 나라인지 한번 보고 싶다는 생각이 들어서."

슬프게도, 사람은 혹평이면 혹평일수록 흥미를 느끼게 되는 생물입니다. 보면 안 된다는 말을 들으면 고개를 들이밀고 마는 생물입니다.

"게다가."

스승님은 대담한 웃음을 지으면서 말했습니다.

"몇 년 전부터 같은 장사를 하고 있는 거라면, 나름대로 벌었을 테니까."

○

"──그리고서 **니케**는, 이야기의 나라에서 보고 들은 것을 정리해 얇은 책자로 만들었고, 여러 나라에 뿌렸습니다. 어느 나라에서는 이야기의 나라를 극구 칭찬하는 책자를 나눠주고, 또 다른 나라에서는 이야기의 나라를 철저하게 깎아내린 책자를 유익한 정보라며 팔고 다녔습니다. 니케의 책자를 읽고 흥미를 가진 사람들은 이야기의 나라가 어디에 있는지를 물었습니다만, 니케는 결코 위치를 가르쳐주지 않았습니다."

"뭐어? 어째서?"

낭독 중인 어머니의 시야에 파고들 듯이, 어린 시절의 저는 어머니의 양손에 펼쳐져 있는 책을 들여다보았습니다.

『니케의 모험담』.

어릴 때부터 좋아했던 책입니다.

"어째서 위치를 가르쳐주지 않은 거야?"

저는 물었습니다. 니케의 진의가 어린 시절의 저에게는 전혀 이해되지 않았기 때문입니다.

어머니는 미소 띤 얼굴로 답해주었습니다.

"좋은 나라든 나쁜 나라든, 사람은 흥미를 갖고 마는 법이잖아? 그래서 니케는, 애초에 이야기의 나라 같은 건 존재하지 않는다고 믿게 만들기로 했던 거야."

단도직입적으로 말하자면, 니케가 마을 사람들에게 건네고 다녔던 책자에 적혀 있는 내용은, 수상한 남자들이 지도와 함께 건넸던 정보보다도 훨씬 수상쩍었던 것입니다.

니케가 책자를 마을에 퍼뜨리면 퍼뜨릴수록, 니케가 수상한 책자를 팔고 다닌다는 소문이 퍼지고, 그리고 소문은 어느덧 존재하지 않는 나라에 관한 책을 팔며 돈을 벌려고 하는 마녀가 있다는 소문으로 모습을 바꾸었다고 합니다.

"그래서? 그래서 어떻게 됐어?"

어린 저는 완전히 흥분해서 어머니의 다음 이야기를 재촉했습니다.

안달이 난 저를 보며 어머니는 그립다는 듯이 웃음 짓고.

"그런 소문을 퍼뜨리면 곤란하다고, 연기자의 나라 사람들이 말이지, 니케에게 울며 매달리러 온 거야"라고 말했습니다.

연기자의 나라는 밖에서 사람이 오지 않으면 사기적인 수법으로 돈을 벌지 못합니다. 그렇지 않아도 자그맣고 존재감 없는 나라인데, 그런 나라는 존재하지 않는다는 소문이 나면 곤란한 것일 테지요.

순진무구하고 착한 아이였던 당시의 저는 그들의 그런 제안에 분개했습니다.

"하지만, 연기자의 나라 사람들은 나쁜 사람들이잖아? 제멋대로야!"

"그러게── 하지만, 니케는 그들의 제안을 받아들이기로 했어."

"뭐어? 어째서!"

매우 몹시 실망하는 당시의 저. 니케가 나쁜 사람들의 제안을 받아들이다니! 하고 아직 추악함을 모르던 당시의 저는 충격을 받았습니다.

어머니는 그런 저를 달래듯이 머리를 쓰다듬으면서 "걱정할 것 없어"라고 말해주었습니다.

"그게, 연기자의 나라 사람들이 니케에게 제안했을 무렵에는, 이미 연기자의 나라는 가공의 존재라고 믿어지고 있었거든."

그러니까 있지, 니케는 이렇게 대답했던 거야──하고 어머니는 잠시 못된 얼굴로, 말했습니다.

"돈을 준다면, 잠자코 있어 줄게요."

지금부터는──하고.

"슬프네."

쏟아져 내리는 불행 앞에서 사람은 너무나도 무력했다.

마법사에 의해, 그의 연인은 살해당했다. 시신은 갈기갈기 찢겼고, 온몸의 뼈가 부러져 있었다.

소도시 아스티키토스는 마법사의 입국을 금지하고 있을 터였다.

그런데도 살인귀는 어느 날 갑자기, 나라 안에 나타나 범행을 저질렀다. 범인은 구입한 날붙이의 날카로움을 시험하듯이, 장난을 치듯이 한 명의 여성을 죽이고 그리고 또 갑자기 나라에서 자취를 감추었다.

한 소녀가 무참하게 살해당한 한 사건을 계기로, 소도시 아스티키토스에서는 마법사 혐오가 점점 심해졌다. 범인을 놓친 보안국은 책임을 추궁받고, 한층 더 입국 심사로 마법사를 단속하게 되었다.

그러나 그래도 그의 연인이 돌아올 리 없다.

잃은 것은 두 번 다시 찾을 수 없다.

"슬프네."

그는 다시, 중얼거렸다.

어째서 죽어버린 걸까──라고.

"…………."

크레타는 그런 그의 뒷모습을 혼자서 바라보고 있었다.

연인이 잠들어 있는 무덤 앞에 내내 서 있는 그에게 무슨 말을 해야 할지 알 수 없었다.

동경하던 선배에게, 그 불행에, 그녀가 할 수 있는 말은 아무것도 없었다. 크레타는 그녀와 그 연인을 잘 알았다.

학교를 졸업하면 결혼하자는 등의 말을 나누고, 언제나 함께 있던 두 사람. 두 사람이 얼마나 깊은 사이였는지는, 가슴 아플 만큼 잘 알았다.

그녀는 언제나 두 사람을 눈으로 좇고 있었으니까.

그래서 어떤 말을 해도, 그를 곤란하게 만들 뿐이라는 것을 그녀는 알았다.

그저 그녀는, 그의 뒷모습에 맹세했다.

두 번 다시, 이런 슬픔을 만들지 않겠다고.

●

창밖에서는 그칠 줄 모르고 비가 쏟아졌다.

그날은 소도시 아스티키토스에서 세 명째의 피해자가 나온 날이었다.

피해자는 지난번, 지지난번과 마찬가지로 나라의 관리였고, 마치 모방하듯이, 혹은 사건을 좇는 보안국을 비웃듯이, 같은 수법을 쓰고 있었다.

시신 상태를 보면 마법을 살해에 이용한 것은 명백했다. 피해자는 **절반으로 접힌 침대 안**에 밀어 넣어져 있었고, 온몸에는 셀 수 없을 만큼의 자상. 여러 차례나 고문을 가한 흔적이 있었다.

비명이나 소음을 들었다는 증언은 나오지 않았다. 지난번 피해자도 아침, 가정부가 깨우러 왔다가 시신이 된 관리를 발견하면서 사건이 드러났다.

고문을 당한 것치고는 어젯밤은 조용했고, 그리고 침대를 물들인 피는 분명히 적었다. 다른 곳에서 살해하고 방으로 다시 옮겨 온 다음, 침대 한가운데에서 둘로 꺾은 것으로 추측할 수 있었다.

"우웨엑……."

신입 보안국 직원은 목구멍까지 치미는 불쾌감을 억누르려는 듯 입가에 양손을 댔다.

눈물이 고인 눈동자로 주변을 살피다가 한 선배 직원과 눈이 마주쳤다.

지난 한 달 동안, 지금에 이르기까지 일어난 비슷한 사건은 두 건. 그 양쪽 현장에서 크레타는 토했다.

"토하고 와도 돼."

선배 직원은 한숨을 내쉬면서 그녀의 등을 밀었다.

"죄송합니다……!"

크레타는 몸이 과하게 흔들리지 않도록 하며 재빨리 시신에서 멀어졌고, 사건 현장의 화장실에서 토했다. 참살 사건 현장 같은 건 몇 번을 간들 적응할 수 있는 것이 아니었다.

"또야…… 또……."

배 속에서 불쾌감이 소용돌이쳤다.

몸의 떨림이 멈추지 않았다.

"또, 마법사가 사람을 죽였어⋯⋯."

그것이 살해 현장을 목격해버렸기 때문인지, 아니면 마법사에 대한 공포와 분노 때문인지.

그녀로서는 알 수 없었다.

○

"우리나라, 소도시 아스티키토스는 원칙적으로 마법사의 입국을 금지하고 있습니다."

여행을 하다 보면 마법사의 입국을 거부하는 나라는 얼마든지 볼 수 있습니다. 대부분의 경우는 저처럼 검은 로브에 삼각 모자에 마녀라는 증거인 별을 본뜬 브로치 등을 하고 있어, 어디를 어떻게 보아도 마녀인 것이 분명한 자는 문전박대를 당하는 것입니다.

이 나라, 소도시 아스티키토스는 어째서인지 제가 문 앞에 선 시점에서 마법사의 입국을 금하고 있다는 뜻을 알린 다음, "잠시 기다려주십시오"라며 약 한 시간을 기다리게 하고, "빗속에서 여행하기 매우 힘들었을 테지요. 보통은 입국을 허가하지 않습니다만, 이번만 특례입니다. 자, 이쪽으로" 하고 안내해주었습니다.

저는 어느 쪽인가 하면 빗속에서 여행한 것보다 빗속에서 영문도 모른 채 기다려야 했던 쪽이 더 힘들었다고 생각할 뿐이었습니다. 그리고 지금 날씨처럼 축 처진 심정인 제가 안내되어간 곳은 응접실이었습니다.

"당신이 여행하는 마녀입니까? 이것 참, 어서 오십시오."

상상했던 것보다 젊군요, 라는 노인.

놀란 것처럼 말하면서도 안색을 전혀 바꾸지 않는 그는 자신을 보안국 국장이라고 소개하고, 도넛과 홍차로 저를 맞아주었습니다.

도넛과 홍차…….

최근 같은 일이 있었지요…….

"고맙습니다."

감사 인사를 하면서 국장님의 맞은편 자리에 앉고, "일단 먼저 말씀을 드리고 싶습니다만, 입국을 허가하는 대신에 국내에서 있는 대로 범죄를 저질러 달라는 이야기라면 거절입니다"라고 선수를 쳐놓았습니다.

"그러한 걸 부탁하는 관리가 있을 리 없지 않습니까."

가볍게 웃어넘기는 국장님.

아뇨 바로 얼마 전에 비슷한 걸 봤습니다만.

"그래서, 무슨 용건입니까?"

제가 고개를 갸웃거리며 이야기를 재촉하자, 국장님은.

"이걸 봐주십시오"라고 말해면서 여러 장의 사진이 붙어 있는 자료를 테이블에 올려놓았습니다.

"…………."

그것은 참으로 처참한 사건 자료들이었습니다. 깔끔하게 접힌 침대 안에서 숨이 끊어져 있는 장년 남성들. 자료에 따르면 그들은 지난 한 달 동안 죽은 이 나라의 관리들이라고 합니다.

생전의 사진과는 전혀 다를 만큼 공포로 일그러진 얼굴로 숨이 끊어져 있었습니다. 온몸에 새겨진 상흔으로 보아 끼워 넣은 것뿐만 아니라 예리한 날붙이로 베기까지 한 모양이었습니다.

"이건."

뭡니까?

제가 자료에서 고개를 들자, 국장님은 담담하게 이야기를 시작했습니다.

"우리나라에서는 마법사의 입국을 엄격히 금지하고 있습니다. 당연히 국민 중에 마법사는 단 한 명도 존재하지 않습니다. 사람을 간단히 죽일 수 있는 마법사의 존재는 우리나라에 있어서는 위협일 뿐입니다."

그러나 건네받은 자료를 보면 마법사가 일으킨 사건이라는 것은 명백했습니다.

"아무래도 한 달 전부터 우리나라에 위협이 섞여 들어온 모양입니다. 대체 어디서 왔는지, 아니면 지금까지 몸을 숨기고 있었을 뿐이었는지는 알 수 없지만…… 위협이라는 것에는 변함이 없습니다. 그리고 부끄럽게도 우리에게 마법사와 정면으로 맞붙어 무사할 수 있을 정도의 힘은 없습니다."

"……마법사가 벌인 사건이라면, 그런 걸 전문적으로 다루는 조직에 부탁하는 게 어떨까요?"

"마법 총괄 협회 말씀입니까?"

미간을 찌푸리는 국장님.

"우리나라는 그곳에 빚을 지는 일을 좋게 여기지 않습니다."

"그러니 정체도 모르는 여행자 마법사를 쓰고 버릴 무기로 이용하자, 라는 겁니까?"

"그런 말은 하지 않았습니다만."

그러나 뉘앙스로는 같은 것일 테지요.

나라에서 날뛰고 있는 마법사와 외부인 마법사를 맞붙여 놓으면 적어도 보안국은 마법사와 정면충돌을 피할 수 있고, 주민에 대한 피해도 최소한으로 줄일 수 있습니다. 저도 바보는 아닌지라 상황을 통해 그 정도의 의도는 파악할 수 있습니다만. 국장님은 변명처럼 말을 늘어놓았습니다.

"마녀님에게 부탁드리고 싶은 것은 어디까지나 범인인 마법사가 날뛸 때의 대처입니다. 사건 조사부터 체포까지, 기본적으로는 저희가 대처합니다."

"즉, 저는 여차할 때를 위한 비장의 카드라는 겁니까?"

"어떻습니까?"

국장님은 물었습니다.

창밖으로 시선을 돌렸습니다. 억수같이 쏟아지는 비는 앞으로도 당분간 그칠 것 같지 않습니다.

쏟아지는 비를 견디며 바깥 세계를 여행할 것인가. 아니면 이 나라에 잠시 체재할 것인가.

과연 어느 쪽이 나을까요? 저는 잠시 생각한 다음에 대답했습니다.

"그러네요. 하죠."

"고맙습니다."

그다지 기뻐 보이지는 않는 얼굴로 국장님은 고개를 끄덕이더니, "그럼 지금부터 마녀님의 동행인이 될 직원을 데려오겠습니다. 마녀님은 그때까지 마법사로는 보이지 않는 평범한 옷으로 갈아입어 주십시오"라고 말했습니다.

사건 해결에 관계한다고 해도 어디까지나 제 입국은 특례. 체재 기간 중에 제 옆에는 늘 보안국 직원이 따라다니게 된다고 합니다.

아무것도 안 했는데 범죄자 취급이로군요.

"그리고, 우리에게서 지시가 있을 때까지는 사건에 관한 건 부디 비밀로 부탁드립니다. 거리에서 누구와 만나든, 사건에 관한 것은 절대, 그 무엇도 말하지 말아주십시오."

응접실을 나가면서 국장님은 생각났다는 듯이 돌아보며 그렇게 말했습니다.

저는 고개를 갸웃거렸습니다.

"사건에 관해 공표하지 않은 겁니까?"

"당연합니다."

국장님은 담백하게 고개를 끄덕이고, 답했습니다.

"마법사가 거리를 어슬렁거리고 있다는 걸 알면 주민은 혼란에 빠질 테니까요."

평범한 옷으로 몸을 감쌌을 무렵, 저와 행동을 함께할 보안국 분이 나타났습니다.

"보안국 직원, 크레타라고 합니다. 앞으로 당신과 행동을 함께하게 되었습니다. 잘 부탁드립니다."

나이는 대략 저와 비슷할까요?

말하길, 그녀는 보안국 신입이라고 합니다.

검정을 기조로 한 세미 롱에, 빛이 닿지 않는 안쪽 머리카락은 눈동자 색과 같은 진녹색. 검은 제복을 입고, 딱딱하게 제게 경례를 하고 있습니다. 어깨에는 라이플을 메고 있고, 표정은 굳어서 긴장한 것처럼도 경계하는 것처럼도 보였습니다.

"이미 국장님이 이야기했을 거라고 생각합니다만, 기본적으로 마녀님은 저와 늘 행동을 함께하게 됩니다. 무엇을 하든 저한테서 떨어져서는 안 됩니다."

"뭐, 떨어지고 싶어도 떨어질 수 없을 것 같은데요."

경례하는 그녀의 손과 제 한 손에는 쇠사슬로 이어진 팔찌가 각기 채워져 있었습니다. 쇠사슬의 길이로 보아 크게 세 걸음 정도의 거리까지만 떨어질 수 있을 것 같습니다.

"부디 수상하게 보일 만한 일은 피해 주십시오."

이런 팔찌로 묶어두고서 그런 말을 하는 겁니까?

아무래도 이 나라에 마법사가 없다고 하는 이야기는 사실일 테지요. 팔찌는 그저 크레타 씨와 이어져 있을 뿐, 손끝은 자유자재로 움직일 수 있었습니다. 마법도 쓰려고 하면 언제든 쓸 수 있을 것 같습니다.

마법사에 대한 지식이 전혀 없는 것이나 다름없을 테지요.

"선처하겠습니다" 하고 가볍게 고개를 끄덕이며 "뭐가 어찌 됐든, 앞으로 잘 부탁드립니다"라며 저는 그녀에게 한 걸음 다가갔습니다.

직후였습니다.

"히익……!"

그녀는 뒷걸음질 치며 몸을 움츠렸습니다. 어두컴컴한 곳에서 바스락거리며 검은 벌레가 나온 것처럼, 반사적으로.

…………

"부디 수상하게 보일 만한 일은 피해 주세요. 당신도."

앞날이 걱정입니다.

그러나 대체 어째서 이 나라에서는 마법사가 기피되고 있는 것일까요?

"일단 저의 집까지 안내할 테니, 따라와 주십시오."

응접실에서 거리로 나오자 크레타 씨는 우산을 쓰고, 저와 눈을 맞추지 않은 채 그대로 걷기 시작했습니다.

쏟아지는 빗속, 오래된 벽돌로 만들어진 집들이 늘어선 거리가 저를 맞아주었습니다.

"좋은 거리네요."

날씨가 맑았다면 더욱 좋았을 텐데 말이죠.

그녀를 놓치지 않도록 저는 그녀의 뒷모습을 쫓으면서, 말을 걸었습니다.

"우리나라의 역사에서 마법사만큼 돌이킬 수 없는 대죄를 범한 종족은 없습니다."

제게 시선을 보내는 일 없이, 크레타 씨는 비를 향해서 말을 꺼냈습니다.

"아직 제가 태어나기 전, 제 부모님이 어린아이였을 때. 외부에서 침입해 온 마법사들이 죄 없는 많은 사람을 해쳤습니다."

여러 민가를 습격하고, 반항하는 자를 죽이고, 돈이 될 만한 것은 약탈하고, **쓸 만한 자**는 약간 혼쭐을 내고서 나라에서 **빼앗아** 갔다고 합니다.

아무래도 당시는 지금보다도 상당히 치안이 나빴는지, 나라에서 나라를 오가며 사리사욕만을 채운 마법사 집단이라는 것이 존재했던 모양입니다.

다행히도 마법사 집단은 그 후 인근 여러 나라와의 협력 아래 토벌할 수 있었습니다만, 소도시 아스티키토스에는 마법사에 대한 깊은 공포가 새겨졌다고 합니다.

당시 이 나라에 살던 마법사들은 동족이 범한 잘못으로 머물 곳을 잃고 떠나갔습니다.

마법사가 나라에서 자취를 감출 때까지 시간은 그리 걸리지 않았습니다.

"그러한 경위로 우리는 예전부터 마법사의 입국을 엄격히 금지하고 있는 겁니다."

등을 돌린 채 크레타 씨는 혼잣말처럼 중얼거렸습니다.

"저도 국장님도 마법사를 입국시키는 것에는 반대했습니다. 마법사는 인간이 아니니까요."

"…………."

"마법사에게 기대기로 정한 것은—— 당신을 입국시킨 것은 우리나라 상층부의 지시였습니다. 우리나라의 역사상, 마법사가 의도치 않게 국내에 섞여 들어온 사례는 이걸로 두 번째가 됩니다. 첫 번째는 4년 전. 그리고 두 번째는 이번입니다. 우리는 이번에야말로 마법사를 놓치지 않고, 숨통을 끊어놓을 셈입니다."

4년 전에는 놓쳐버리고 말았으니까요── 라고 크레타 씨는 중얼거리고.

"결국 쫓아내도 어디선가 솟아 나오는 것이 마법사라는 존재일 테죠."

"마치 성가신 해충인 것처럼 말하는군요……."

"그러니까 특례로서, 당신의 입국을 허가한 겁니다. 우연히 방문한 당신을 입국시킬지, 아니면 마법 총괄 협회에 마법사 파견을 요청할지. 보안국에 남겨진 선택지는 그 두 개뿐이었습니다."

"그래서, 그나마 나은 쪽이 저를 입국시키는 것이었다는 건가요?"

과연.

"아무래도 나라의 상층부 쪽이 현장보다 유연하게 상황을 판단하고 있는가 보군요."

마법사 상대는 마법사에게.

실로 합리적인 판단이 아닙니까?

"뭔가 대책을 세웠다고 하는 증거가 필요할 뿐입니다. 얼굴을 맞대지 않고 안전한 곳에서 말만 하는 거라면 누구라도 할 수 있습니다."

"…………."

결국, 요약하면 "너 같은 해충과는 친해질 마음이 없다"라고 말하고 싶은 것일 테지요. 차갑네요.

"식사와 숙소 같은 최저한의 것들은 제공하겠습니다. 하지만 당신은 일절 관여하지 말아주세요."

"알았습니다."

바란다면 그리하지요. 뭐, 요컨대 멍하니 지내면 된다는 거지요? 바라던 바입니다. 느긋하게 보내는 건 특기입니다.

"──응? 오, 크레타잖아. 이런 데서 뭘 하고 있는 거야?"

그런고로. 그런 음울한 대화를 나눈 다음에 일절 관여하지 않기로 정한 직후의 일입니다.

길 저편에서 다가온 남성이, 우산을 들고서 우리를 신기한 듯 바라보고 있었습니다.

나이는 아마도 20대 초반 정도. 체격은 호리호리했고, 키도 그럭저럭. 비의 습기 때문인지 머리카락이 구불구불, 제법 심하게 곱슬곱슬했습니다. 차림은 지극히 러프했지만, 주름 하나 없는 셔츠와 슬랙스에는 먼지 한 톨 없었고, 어깨까지 멜빵이 곧게 뻗어 있었습니다. 차림에서는 꼼꼼한 인상을 받았습니다.

"오랜만이야. 지금은 보안국에서 일하고 있던가?"

하지만 남성의 안색은, 어느 쪽인가 하면 붙임성 있는 인상이었습니다. 그가 크레타 씨에게 보내는 미소는 부드럽고 따스함이 있었습니다.

"아, 앗, 오랜만입니다. 티로스 씨⋯⋯!"

제게 등을 보이고 선 채인 크레타 씨의 귀가 순식간에 붉게 물들어갔습니다.

"응, 오랜만. ⋯⋯그쪽 분은?"

티로스라고 불린 청년의 시선이 이쪽을 향했습니다.

"앗, 그, 이 사람은, 저기⋯⋯."

안절부절못하며 크레타 씨가 뒤늦게 이쪽으로 고개를 돌렸습니다. 당장에라도 김이 피어오르는 게 아닐까 싶을 만큼 새빨개진 얼굴이 거기에 있었습니다.

당황해서 혼란에 빠진 그녀는 그리고서.

"저기, 그……."

저와 티로스 씨를 번갈아 본 다음, "바, 반대로 누구라고 생각하나요?" 같은 수상쩍기만 한 대꾸를 하는 것이었습니다.

"으음……."

티로스 씨의 시선은 제 얼굴에서 벗어나, 아래, 이윽고 손에 머물렀습니다.

"뭔가 예사롭지 않은 관계의 사람으로 보이는데."

"어, 어떻게 안 건가요……!"

경악하며 눈을 휘둥그레 뜨는 크레타 씨.

아니 그야 대낮부터 사이좋게 쇠사슬이 달린 팔찌를 차고 걸어 다니면 수상쩍게 여기는 게 당연하지 않은가요.

"…………."

정말이지 곤란하군요.

정말로 정말로, 앞날이 걱정입니다.

저는 크게 한숨을 내쉰 다음, "소개가 늦었습니다. 저는 일레이나라고 합니다"라며 크레타 씨의 어깨에 손을 둘렀습니다.

"크레타 씨와는 버디입니다" 하고 티로스 씨에게 자기소개.

"버디?"

고개를 갸웃거리는 티로스 씨.

저는 그렇다며 고개를 끄덕였습니다.

"보안국의 신입은 둘이 한 조로 일을 하는지라, 콤비 사이를 돈독히 하기 위해서 좋은 아침부터 잘 자까지 온종일 함께 있어야만 합니다."

"호오! 그렇구나. 그럼, 그 팔찌도?"

"물론 콤비 사이를 돈독히 하기 위한 겁니다. 그렇죠? 크레타 씨."

맞지요? 그렇죠? 하고 저는 크레타 씨에게 대답을 재촉했습니다.

그녀는 "네, 네, 네!" 하고 딱딱하게 굳어서 몇 번이고 몇 번이고 고개를 위아래로 끄덕였습니다.

"그렇군……."

티로스 씨는 아무래도 저의 임시방편인 적당한 변명에 납득해 준 모양이었습니다.

"그나저나, 정말로 오랜만이야. 크레타. 얼마 만이더라——."

그의 흥미의 대상은 그 후 다시 크레타 씨에게로 돌아갔고, 두 사람 사이에서 간단한 근황 보고와 예의상의 인사말이 뒤섞인 대화가 펼쳐졌습니다.

"——그렇지. 모처럼 오랜만에 만났으니까, 다음에 어디 뭐라도 먹으러 가지 않을래?"

"네, 네!"

"아, 먹을 거야? 그렇구나. 그럼 가게를 정해야 하는데……. 아, 그러고 보니 최근 큰길에 맛있는 레스토랑이 생겼지. 거기는 어떨까?"

"네, 네!"

"날짜는 어쩔래? 내일이라든가."

"네, 네!"

"그렇구나. 그럼 내일 레스토랑에서 만날까? 기대하고 있을게."

"네, 네!"

뭐, 크레타 씨는 긴장한 나머지 "네, 네"라고만 대답했기 때문에 예의상의 인사말이 성립했는지 어떤지는 미묘한 부분이기는 합니다만.

아무튼 식사 약속을 잡고 나서 티로스 씨는 "그럼 이만" 하고 손을 흔들며, 비가 쏟아지는 길 저편으로 사라져갔습니다.

"…………."

"…………."

비가 쏟아지는 큰길에는 참견하지 말라고 말해놓고서, 수상하게 보일 만한 일은 피하라고 강요해놓고서, 수상함 넘치는 언동만 한 크레타 씨와 저만이 남겨졌습니다.

"앞날이 걱정이로군요."

저는 한숨을 내쉬었습니다.

"우웃……."

여전히 얼굴은 붉게 물들인 채인 그녀는 제게서 고개를 돌리면서.

"……그와 이런 데서 만나는 건 상정 외였어요. 어쩔 수 없습니다."

그녀의 얼굴을 보면 크레타 씨에게 티로스 씨가 어떠한 존재인지는 상상하기 어렵지 않았습니다. 분명 동경하는 남성인 것일 테지요.

그러나.

"크레타 씨, 한 마디 말해두겠습니다."

이것저것 듣고 싶은 것이나 말하고 싶은 것이 있습니다만. 분명 그녀와 얼굴을 마주하고 이야기를 하기까지는 아직 시간이 더 필요할 테지요.

그래서 저는 그녀 옆에서, 그녀와 시선을 마주치는 일 없이, 하나만 이야기했습니다.

마법사를 해충 취급하는 것은 상관없습니다만.

"해충도 쓰기에 따라서는 익충이 되기도 한답니다."

"…………."

크레타 씨는 제 옆에서 의아하다는 얼굴을 하고 있었습니다.

"……무슨 의미인가요?"

그런 말을 했습니다.

말 그대로의 의미입니다.

"저희는 운명 공동체입니다. 뭐, 적어도 표면적으로만큼은 앞으로 사이좋게 지내자는 겁니다. 버디 씨."

○

쇠사슬로 이어져 있는 이상, 저는 숙소에 묵을 수도 없습니다. 행동에는 극도의 제한이 걸려 있는 것입니다.

빗속을 잠시 걷자, 크레타 씨가 사는 집에 도착했습니다. 길가에 면한 집합 주택 중 한 곳. 안내받은 방 안은 먼지 하나 없었지만, 깨끗하다기보다는 단순히 물건이 적다는 인상이었습니다.

"혼자 사나요?"

어서 오라는 말이 들려오지 않는 쓸쓸한 공간에 제 목소리가 울렸습니다.

"위험이 늘 따르는 일이니까, 가족과는 떨어져서 지내고 있습니다."

라이플을 내려놓고, 제복을 벗으려 하면서 그녀는 답했습니다.

"보안국이 상대하는 건 사람의 목숨을 대수롭지 않게 여기는 범죄자부터, 이번 범인처럼 어느 틈엔가 나라에 섞여 들어온 마법사 같은 위험인물뿐입니다. 가족을 위험에 말려들게 하고 싶지 않습니다."

"과연."

고개를 끄덕이면서 저는 방 한쪽으로 시선을 보냈습니다.

선반 위에 몇 개의 사진이 세워져 있었습니다. 부모님과 함께 찍은 사진. 강아지 사진. 친구와 함께 찍힌 웃는 얼굴의 크레타 씨. 아름다운 풍경 사진. 그리고 조금 전 만났던 동경하는 사람의 옆에서 고개를 숙이고 얼굴을 붉히고 있는 크레타 씨.

최소한의 물건밖에 없는 그녀의 방 안에서 그러한 광경은 한층 빛나 보였습니다.

"이 나라에 사는 누구에게나 소중한 사람은 있을 테죠."

제 시선 끝에 있는 것을, 그녀는 바라보고 있었습니다.

"누구나 저렇게 웃는 얼굴로 살기 위해서는, 각오가 있는 누군 가가 지키는 역할을 맡을 필요가 있습니다."

"그 역할을 당신이 지고 있다는 건가요?"

"저만이 아닙니다."

천천히 고개를 젓는 크레타 씨.

"저와 보안국 동료들이 지키고 있습니다."

"…………."

너무나도 무거운 책임을 짊어지기에는 아직 너무 어린 것만 같았습니다. 사진을 바라보는 그녀의 뒷모습은 너무나도 작아 보였습니다.

"가족과 떨어져 지내서 다행입니다. 제 부모님은 저 이상으로 마법사를 혐오하고 있으니까, 마법사와 한 지붕 아래에서 잔다는 건 분명 견디지 못할 테죠. 설령 쇠사슬로 연결해두었다고 해도."

"그런가요. 그런데 이 쇠사슬, 잠깐만 풀지 않을래요?"

"이 흐름에서 그걸 부탁하는 겁니까?"

쓰레기를 보는 듯한 눈으로 저를 보는 크레타 씨.

"처음에 말씀드렸던 대로 저한테는 당신을 감시해야만 하는 역할이 있습니다. 풀어주는 일 같은 건 있을 수 없습니다."

"그런가요."

"네."

"그런데, 벗은 옷은 어떻게 할 생각인가요?"

저는 그녀의 발아래를 가리켰습니다. 절그럭절그럭하는 쇠사슬에 꿰인 제복이 빈 허물처럼 되어 있었습니다. 한 손이 쇠사슬로 이어져 있는 이상, 아무리 애써도 상의를 완전히 벗는 일은 불가능합니다.

"⋯⋯⋯⋯⋯."

"⋯⋯⋯⋯⋯."

잠시의 침묵.

곧이어 그녀는 정말이지 떨떠름한 모습으로.

"⋯⋯알겠습니까? 옷을 갈아입을 때만큼은 풀겠지만, 절대로 이상한 마음을 먹거나 하지 말아주세요⋯⋯!"

그렇게 경계심을 드러내는 동네 고양이처럼 저를 노려보면서 품에서 열쇠를 꺼내고, 쇠사슬을 풀고, 벗은 옷을 저희 사이에서 치웠습니다.

"만난 직후부터 어렴풋이 생각했습니다만, 조금 어리바리한 부분이 있군요. 크레타 씨."

"쓸데없는 참견이에요."

홱 하고 그녀는 고개를 돌렸습니다.

"사건 해결만 할 수 있으면 뭐든 상관없어요."

"그러고 보니 범인으로 의심되는 인물은 찾았나요?"

입국할 때부터 조금 신경이 쓰였습니다만. 보안국 분도 크레타 씨도 제가 나라를 며칠 만에 나가는 것을 전제로 이야기를 했습니다만. 사건이 앞으로 며칠이면 끝난다는 전제로 이야기를 했습니다만. 고개를 갸웃거리는 제게 그녀는 고개를 끄덕였습니다.

"목격 정보를 통해서 대략의 외모적 특징은 밝혀졌습니다."

●

"아아, 너무해. 너무해."

지하실로 쏟아지는 희미한 달빛 속, 그녀는 한탄하며 슬퍼했다.

몸에 걸친 것은 붉은 드레스. 짙은 적자색의 긴 머리카락이 찰랑였고, 피처럼 붉은 눈동자가 달빛을 바라본다.

"이렇게나 노력하고 있는데, 이 나라는 마법사의 존재를 상당히 인정하고 싶지 않은 거구나."

깊은 한숨이 새어 나왔다.

그녀가 이 활동을 시작한 것은 3년 정도 전부터. 드러내놓고 활동을 시작한 것은 약 한 달 정도 전의 일이다. 마법사가 없는 나라에서 태어난 그녀는, 마법사라는 존재에 깊은 흥미를 가졌다.

빗자루로 하늘을 날고, 지팡이를 조작해 불도 물도 번개도 자유자재로 원하는 대로. 온갖 사상을 손 하나로 불러일으킬 수 있는 존재. 책 속에서밖에 본 적 없는 마법사에, 그녀는 애태웠고 그리워했다.

나라의 역사책을 펼쳐보면, 소도시 아스티키토스에 마법사가 없는 이유는 간단히 적혀 있었다.

"──아직 내가 태어나기 전, 내 부모님이 어린아이였을 때. 죄 없는 사람들을 학살한 마법사들을, 아스티키토스 사람들은 내쫓았다. 그런 역사 아래서 마법사가 없는 이 나라가 완성되었다."

나라의 역사서에는 그렇게 쓰여 있었다.

"하지만 그것은 거짓 역사."

그녀는 지팡이 끝에 마력을 담았다.

"마법사는 이 나라에서 자취를 감춘 게 아냐. 사실은 이 나라 사람들의 대부분이 마법을 쓸 수 없다고 믿고 있을 뿐."

지팡이를 휘두르고, 그녀는 마법을 연주했다.

서걱서걱. 콰직콰직. 으드득으드득. 찰박찰박.

붉은 비말이 흩어지고, 그녀의 한숨이 열기를 띠었다.

"뭐든 할 수 있는 마법사 같은 편리한 존재가 마을에 넘쳐났다면, 언제 나라가 뒤집혀도 이상하지 않은걸요. 그래서 표면적으로는 내쫓았다는 걸로 하고 있는 거죠? 그편이 유리하니까."

지팡이를 휘둘렀다.

"옛날에 마법사들에 의한 학살이 있었다고 하는 이야기가 애초에 거짓인 거죠? 이 나라의 역사는 하나부터 열까지 거짓투성이. 나라의 상층부인 당신들에게 거스르지 못하도록 백성에게서 송곳니를 빼버린 데 지나지 않아."

내가 마법을 쓸 수 있는 것이 그 증거야, 라며 지팡이 끝에 입술을 가져다 대면서 그녀는 말했다.

"이건 운명. 거짓의 역사에서 마법사들을 해방하기 위해 선택된 거야."

나라의 음모를 멈춰야만 한다.

마법사들에게 자유를 되찾아주어야만 한다.

그녀의 사명감은 그녀가 벌인 사건들을 보안국이 감추면 감출수록 뜨겁게 불타올랐다.

"저기, 당신도 그렇게 생각하지?"

멋져, 멋져.

그녀는 중얼거리고, 시선 저편에 펼쳐진 피 웅덩이의 중심으로 미소를 보냈다.

○

네 명째 피해자는 이전 세 사람과 마찬가지로 이 나라의 관리였습니다.

시신은 절반으로 접힌 침대 안에서 몸이 부자연스럽게 꺾여 있었습니다. 그 광경은 지금까지 사진으로 본 것과 다르지 않았습니다.

현장으로 달려간 보안국 사람들과 크레타 씨는, 명백하게 페이스가 지나치게 빨라진 범행에 초조함을 느끼는 듯했습니다.

"또 예의 붉은 드레스 차림의 여자를 목격했다는 제보가 있었습니다." "어째서 못 잡는 거야." "역시 사건을 공표해서 범인의 정보를 모으는 편이 낫지 않은지──." "우윽…… 우웨에엑……."

저는 시신을 멀리서 바라보았습니다.

아마도 시간을 들여 천천히, 다양한 마법을 시험해보며 죽여간 것일 테지요. 손톱 몇 개가 뽑히고, 손가락은 불가능한 방향으로 꺾이고, 피부의 일부는 화상을 입었고, 다양한 형상의 날붙이로 잘게 썬 흔적도 있고, 둔기로 때린 것 같은 흔적도 있었습니다. 네 번째라고 해도 아직 고문 방법은 정하지 못한 모양입니다.

마법을 사용한 흔적만 보면 사용한 마법의 종류는 상당했고, 꽤 사치스럽게 마법을 사용했다는 인상이 있었습니다.

하지만 지금까지와는 결정적으로 다른 점이 딱 하나, 있었습니다.

저는 침대 너머의 벽을 보았습니다.

"침묵은 죄."

말라붙은 피로 단 한 마디, 적혀 있었습니다.

그것이 사건을 쫓는 보안국 사람들에게 보내진 메시지라는 것은 말할 필요도 없을 테지요. 세 번째까지의 자료에서도 보지 못했던 것입니다.

피해자를 납치해서, 어딘가 남들 눈에 띄지 않는 곳에서 죽이고, 그리고 집까지 가져와 침대에 장식해놓는다.

노골적일 정도로 눈에 띄고 싶어 하는 범행을 반복하는 범인은, 아무래도 자신에게 관심이 모이지 않는 것에 욕구불만을 느끼고 계신가 봅니다.

"……공표는 하지 않는 겁니까?"

입국한 직후와 같은 질문을, 저는 크레타 씨에게 던졌습니다.

"…………!"

그녀는 손으로 입가를 누르고, 눈물을 글썽이면서도 고개를 저었습니다.

"일레이나 씨가 입국한 시점에서, 이제, 그 방법은 쓸 수 없게 되었습니다."

"그 말은?"

"보안국이 마법사에게 협력을 구한 것이 알려지면 주민들에게 받던 신뢰는 실추됩니다. 상층부가 마법사에게 협력을 구하기로 정한, 시점에서…… 이제 우리는 비밀리에 사건을 처리할 수밖에…… 없게 된, 우웨엑……."

"……한 번 토하는 편이 편해질 겁니다."

"실례합니다……!"

망설이는 기색으로 그녀는 끄덕하고 한 번 고개를 끄덕였습니다.

저는 그녀를 화장실까지 데려갔고, 그리고 등을 쓸어주었습니다. 이것도 쇠사슬로 연결되어 있는 자의 역할이라는 것일까요.

"우웨에에엑…… 우웨엑……."

변기를 향해서 그녀는 오열을 쏟아냈습니다.

그것이 구토로 인한 오열인지, 아니면 울고 있는 것인지. 어느 쪽인지 저로서는 알 수 없었습니다.

그리고서 사건 조사를 위해 탐문 조사를 실시했습니다만, 여전히 붉은 드레스 차림의 여자를 목격했다는 정보만 있을 뿐, 그것이 어디로 갔는지, 어디 사는 누구인지는 아무도 몰랐습니다.

다음에 언제 누가 희생될지도 모르는 채, 시간만이 흘러갔습니다.

"일이 바쁜가 보네. 크레타."

밤이 되었어도, 그녀는 여전히 풀이 죽어 있었습니다.

모처럼 동경하는 분과의 식사 자리이건만, 우울하게 고개를 숙인 채 눈을 내리깔고 있습니다.

"죄송해요……."

"아니, 딱히 사과할 일은 아닌데……."

티로스 씨는 맞은편 자리에서 턱을 괴고 저희를 보았습니다.

"오늘은 뭔가 사건이 있었던 건가요?"

"뭐, 그렇지요."

저는 고개를 끄덕였습니다.

오래 알고 지낸 두 사람의 식사 자리에 은근슬쩍 동석한 저를 티로스 씨는 딱히 거절하지 않았지만, 그러나 저를 보는 그 눈에서는 왠지 모르게 "어라……? 권했던가? 버디인 사람은 이런 시간도 함께 있어야만 하는 거야……?"라는 분위기가 느껴졌습니다.

하지만 쇠사슬로 이어져 있으니 어쩔 수 없습니다.

저로서도 크레타 씨의 사적인 시간에는 되도록 관여하고 싶지 않았기 때문에, 사전에 그녀에게.

"그러고 보니 오늘은 티로스 씨와 식사 약속이 있었죠? 쇠사슬, 어쩔래요? 식사하는 동안만 풀까요? 아니면 차라리 제가 동석해버릴까요?"

그렇게 물었습니다만.

그녀는 제 말에 "네……"라고만 대답했습니다. 척 보기에도 건성이었고, 마음은 어딘가 먼 곳에 가 있다고밖에는 여겨지지 않을 정도로 멍한 대답이었습니다.

"응? 어느 쪽인가요?"

"네……."

"크레타 씨?"

"네……."

"식사하는 동안만 쇠사슬을 풀까요?"

"네……."

"아니면 제가 동석해버릴까요?"

"네……."

131

"혹은 차라리 식사 약속 자체를 취소할까요?"

"네……."

"과연, 그렇군요. 이거 틀렸네요."

크레타 씨는 사건이 일어날 때마다 이런 식이 되는지, 지금까지의 사건에서도 살인이 일어날 때마다 몹시 풀이 죽었다고 보안국의 국장님은 이야기해주었습니다.

지나치게 상냥한 것일 테지요.

국장님이 말하길, 네 건째의 살인이 일어난 오늘은 특히, 평소보다 한층 더 풀이 죽었다고 합니다.

"──그러고 보니, 일레이나 씨한테는 아직 제대로 자기소개도 못 했네요. 저는 티로스. 크레타와는 학생 때 선후배 사이였고, 지금은 나라의 관공서에서 일하고 있습니다."

어쩌면 잇따라 일어나고 있는 살인 사건과 티로스 씨를 연결해 생각해버렸는지도 모릅니다.

관리만 노리는 일련의 사건.

그녀가 마음에 둔 사람도 또한, 범인의 사냥감이 될 수 있는 것입니다.

"관공서에서 일하시는 건가요."

오호라, 대단하네요 하고 저는 눈을 크게 떴습니다.

"일은 힘들지 않은가요?"

"힘들기는 힘들지만, 뭐, 크레타 정도는 아닙니다."

티로스 씨의 시선이 저에게서 크레타 씨에게로 옮겨갔다, 돌아왔습니다.

"나라 사람들을 지키는 일이라니, 저 같은 사람은 상상도 하지 못할 만큼 책임이 막중한 일일 겁니다. 그녀가 매일 짊어지고 있는 것에 비하면, 그래도 편한 일을 하고 있습니다."

티로스 씨는 웃었습니다.

"그래서, 무슨 일이 있었던 거야?"

여전히 가라앉은 채인 크레타 씨에게.

"…………."

그에게 질문을 받고 그녀는 잠시 망설이듯 침묵한 다음, 이윽고 천천히 입을 열었습니다.

"눈앞에 불행한 사람이 생길 때마다, 자신의 무력함을 통감해요."

지금까지의 세 건도, 이번 건도, 결코 그녀가 잘못한 게 아닙니다. 그녀가 무언가를 했기 때문에 사람이 죽은 게 아닙니다.

그래도 책임을 느끼고 마는 것은, 그녀가 짊어진 일이 너무나도 무겁기 때문일까요?

"누군가가 지독한 짓을 당할 때마다, 미연에 방지할 수 있지 않았을까, 더 이른 단계에서 막을 수 있지 않았을까, 그런 걸 생각하게 돼요."

이미 일어나 버린 일을 돌이키는 건 불가능하다고 알고 있어도.

그래도 그녀는, 다른 가능성을 바라지 않을 수 없다고 이야기했습니다.

아직 사건의 자세한 내용은 일반인에게 밝히지 못합니다. 그래서 그녀가 한 말은 매우 추상적인 것이었습니다.

그래도 티로스 씨에게는 닿은 모양입니다.

"크레타는 알고 있을 테지만—— 나한테는 4년 전까지 사귀고 있던 여성이 있었어."

담담하게 그는 옛이야기를 시작했습니다.

"학생 시절의 동급생인데, 그녀는 웃는 얼굴이 무척이나 멋지고, 심지가 굳고, 자신의 신념을 절대 꺾지 않는 강한 여성이었지. 죽은 지금도, 그녀와 보냈던 날들을 잊은 적이 없어."

"…………."

크레타 씨는 천천히 고개를 끄덕였습니다.

"그녀가 죽은 후 내 일상에는 커다란 구멍을 뚫려버렸어. 분노와 슬픔만이 커져 갔지. 하지만 내 기분은 누구에게도 부딪힐 수 있는 것이 아니었어."

그는 말했습니다.

아플 만큼, 지금 크레타 씨의 마음을 안다고도.

"어떻게 극복하셨나요?"

크레타 씨는 물었습니다.

그는 미소 지으며 답했습니다.

"어제를 고민하며 사는 게 아니라, 내일을 위해 살기로 했어."

그것은 정말로 작은, 사소한 변화였다고 말했습니다.

"이렇게 했으면 좋았을 텐데, 저렇게 했으면 더 나았을 텐데, 그렇게 고민하며 사는 게 아니라, 내일은 이렇게 해야지, 다음은 이렇게 해보자, 그렇게 생각하며 살기로 했어. 그저 그뿐이야. 그다지 잘난 척하며 이야기할 정도의 변화는 아니지만——그래도, 그런 아주 약간의 변화를 거친 것만으로도 지금은 나름대로 행복하게 지내고 있어."

요컨대 세상을 보는 방식을 바꿨다는 이야기겠지요.

"과거에 머리를 끌어안고 고민하는 게 아니라, 미래에 머리를 끌어안고 고민하기로 했다, 라는 건가요?"

제 나름대로 곱씹어보며 물었습니다.

"그렇죠."

그는 깊게 고개를 끄덕였습니다.

그리고 무겁고 괴로운 이야기를, 웃는 얼굴로 마무리했습니다.

테이블 맞은편에서 크레타 씨의 손을 잡으면서 그는 말했습니다.

"어제까지의 다른 가능성을 생각해본들 분명 자기 자신은 괴로워질 뿐이야. 그러니까 크레타. 내일 이후의 다른 가능성을 만드는 거야."

○

밤.

크레타 씨의 집으로 돌아온 우리는 교대로 목욕을 하고, 멍하니 시간을 보낸 다음, 각자 자리에 누웠습니다. 크레타 씨는 자신의 침대에. 저는 소파에 뒹굴 누웠습니다.

"좀처럼 기분을 정리하기 어려울 거라고 생각합니다만, 적어도 오늘 밤에 사건이 일어날 가능성은 낮으니, 오늘은 안심하고 자도 괜찮을 거라고 봅니다."

소파에서 그녀의 모습은 보이지 않지만, 오늘 하루의 모습을 보면 상당히 지쳤으리라는 것은 분명했습니다.

"……어떻게 그렇게 단언할 수 있는 건가요?"

소파 저편에서 힘없는 목소리가 들렸습니다.

범인은 첫 번째 사건으로부터 두 번째 사건까지 약 3주간 공백 기간을 두었고, 두 번째 사건으로부터 세 번째 사건까지가 일주일. 세 번째 사건부터 네 번째 사건은 고작 사흘 만에 범행을 벌였습니다.

명백하게 범행 페이스가 빨라지고 있기 때문에 크레타 씨를 포함한 보안국 사람들은 초조해했습니다만, 그러나.

"현장에 공을 들여 장식을 하는 그런 집착을 가진 인간이니, 만전의 상태에서 범행에 임하고 싶어 할 거라고 봅니다. 게다가 세간과 보안국의 반응도 보고 싶을 테죠. 눈에 띄고 싶어 하는 범인이니까요."

그래서 초조해하며 오늘 밤 범행을 벌일 가능성은 거의 없다고 생각합니다──라고, 저는 안심을 시키듯 크레타 씨에게 말했습니다.

"……고맙, 습니다."

여전히, 기운 없는 목소리가 울렸습니다.

"제가 알고 있는 걸 평범하게 이야기했을 뿐입니다."

감사를 받을 만한 일이 아닙니다.

"지금 이야기만이 아니에요. 오늘은 여러 가지로 폐를 끼치고 말았으니까요."

토하고, 식사 약속에 혼자 못 가고, 뭐 여러 가지가 있었지요.

하지만.

"딱히 그것도 평범한 일이라고 생각합니다만."

"…………."

잠시의 침묵을 두고서 그녀는 말을 꺼냈습니다.

"처음 만난 직후의 저는 적어도 당신에게 실례인 대응을 했습니다. 그런데──."

"어제를 고민하며 사는 게 아니라, 내일을 위해 사세요, 라고 당신이 동경하는 사람도 말하지 않았던가요?"

"…………."

이 나라는 애초에 크레타 씨 같은 젊은이가 모두 마법사를 싫어하도록 교육을 해왔을 테지요. 그렇다면 반성을 해야만 하는 것은 그녀가 아닌 바로 이 나라입니다.

책임을 느낄 일 같은 건 무엇 하나 없습니다.

"뭐, 마법사도 평범한 인간이랍니다. 딱히 이 사람이고 저 사람이고 역사책에 쓰여 있는 그런 야만적인 마법사만 있는 건 아니랍니다."

"……그러네요."

"하지만 이번 사건의 마법사는 틀림없이 나쁜 인간이라고 생각합니다."

"그러네요."

"그래서, 내일은 무얼 하나요?"

저는 물었습니다.

그녀는 조금 전까지보다는 조금 분명한 말투로 답했습니다.

"다섯 명째 피해자가 나오지 않도록 할 겁니다."

다음 날, 보안국은 방침을 일부 변경했고, 관리들의 보호에 중점을 두게 되었습니다.

목격 정보로 범인의 대략적인 외견적 특징은 파악하고 있으니, 관리들의 옆에서 조용히 대기하다가 어슬렁어슬렁 범인이 다섯 명째의 관리 앞에 나타나면 처리해버리자는 계획인가 봅니다.

과연 그 방법이 잘 풀릴지 어떨지는 모르겠지만, 적어도 정체를 모르는 여행자와 사이좋게 쇠사슬로 손이 이어져 있는 크레타 씨는 작전의 성질상 방해일 뿐이었습니다. 그 결과, 그녀는 자유 행동이라는 이름의 배제를 당했습니다.

"오히려 잘됐지만요"라는 크레타 씨.

아침부터 정신없이 관리들이 있는 곳으로 향하는 보안국 직원들을 무시하고, 크레타 씨와 저는 보안국에 자리 잡고 앉아, 다시 한번 사건을 정리했습니다.

"내일 이후의 일을 생각하죠."

크레타 씨는 지도를 펼쳐 벽에 붙여놓고 펜을 들더니, "첫 번째 피해자의 집은 여기고, 두 번째는……" 하고 중얼거리면서 총 네 개의 점을 찍어나갔습니다.

"지금까지 탐문 조사를 실시한 곳은 이 범행 현장 근처로 좁혀져 있습니다."

보안국으로서는 사건에 관해 가능한 한 시민들에게 알리고 싶지 않았을 테니, 탐문할 곳으로서는 확실히 최소한이자 최적의 선택지였을 테지요.

저는 지도를 바라보며 팔짱을 꼈습니다.

"그런데 외견적 특징을 파악한 건 좋지만, 그것이 어디의 누구인지는 잘 모른다. 탐문을 하려고 해도 무작정 물으며 다닐 수는 없는 일이라 범인을 추려내지 못하고 있다, 라는 것이 현 상황이로군요."

"네."

고개를 끄덕이는 크레타 씨.

"펜을 빌려도 될까요?"

저는 그녀에게서 펜을 받아 들고, 그리고서 첫 피해자의 자택 주변을 원으로 감쌌습니다.

"마법사의 성질상, 어찌해도 사용할 수 있는 마력량에는 한도가 있습니다. 아무리 시뮬레이트를 거듭했다고 해도 실제로 범행을 실행하는 것과 연습에는 하늘과 땅만큼의 차이가 납니다. 일부러 시신 유기 현장에 쓸데없이 공을 들인 연출을 하는 범인입니다. 첫 피해자의 집은 아마도 자신의 생활 범위 내에서 그리 멀지 않은 위치에 있을 거라고 생각됩니다."

범인은 피해자를 한번 끌고 가서, 안전한 장소에서 살해하고, 그리고서 피해자의 자택까지 돌아와 현장을 주물러대고 떠난다고 하는, 노골적일 만큼 번거롭고 눈에 띄고 싶어 하는 방법으로 죄를 거듭해가고 있습니다.

도중에 마력이 떨어지지 않도록 최대한의 주의는 기울일 테지요.

저는 두 번째 피해자의 집과 세 번째, 네 번째 집도 마찬가지로 원으로 감쌌습니다. 크고 엉성하게 지도상에 그려진 원들은 아주 조금씩 겹쳐 있었습니다.

"⋯⋯⋯⋯."

무거운 표정으로 지도를 바라보면서 크레타 씨는 고개를 끄덕였습니다.

"즉, 이 원과 원이 겹치는 부분이 수상하다는 건가요?"

"아마도요."

저는 그렇다며 고개를 끄덕였습니다.

다행히도 현 단계에서 범인의 성별부터 머리 모양, 복장까지―― 어떤 외모인지는 판명되어 있습니다.

그러니.

"오늘 중에 범인이 어떤 인간인지를, 어디의 누구인지를 알아내죠."

생활 반경을 어느 정도 좁힌 저희는 사이좋게 둘이 한 조로 탐문 조사를 시작했습니다.

범인은 대체 어떠한 인물일까요?

우리는 탐문을 하면서 현재 밝혀져 있는 것을 실마리 삼아 흐릿한 범인상을 선명하게 만들어갔습니다.

크레타 씨는 마을 사람들에게 물었습니다.

"실례합니다. 지금, 사람을 찾고 있습니다만――."

나라의 관리라고 하는 중대한 위치의 인간만을 노린 범행이라는 점에서 보건대, 어떠한 원인으로 나라와 체제에 불신을 가졌으리라는 것은 상상하기 어렵지 않았습니다.

목격 정보로 대략적인 연령대를 알 수 있었고.

"아마도 저나 이쪽 잿빛 머리카락의 사람보다 조금 연상 정도로——."

화려한 드레스를 몸에 걸치고 있다는 점과 첫 사건부터 대담한 수법으로 범행을 저지르고 있다는 점에서 자신감이 넘친다는 것을 알 수 있었습니다.

피해자인 관리들의 집을 조사하고 평소 행동 범위를 조사한 다음, 일련의 범행을 계획할 만큼의 지능이 있고, 관리들의 주택—— 부유층의 주거지 부근을 어슬렁거려도 수상하게 보이지 않을 차림새에, 본인도 부유층 인간일 가능성이 높을 테지요.

그리고 몹시 잔인한 방법으로 사람을 죽이는 모습에서, 살해에 어느 정도의 쾌락을 느끼고 있다는 것은 명백했습니다.

크레타 씨가 말하길, 쾌락 살인범의 대부분은 사람에게 손을 대기 전에 동물에게 같은 짓을 한다고 합니다.

"혹시 이 주변에서 몇 년 전까지 동물이 수상하게 죽거나 한 일은 없었나요?"

크레타 씨는 다양한 방면에서 범인의 실마리를 쫓았습니다.

이 나라에 마법사는 존재하지 않지만, 결코 외국과 교류를 해서는 안 된다거나 한 것은 아닙니다.

"그리고 마도서를 가진 분을 본 적 없나요?"

이 나라 사람들에게는 있어도 의미가 없는 물건. 그러나 범인에게 그것은 살인을 위한 교과서가 될 수 있습니다.

진중하게 탐문할 상대를 고르면서 저희는 사람들에게 묻고 다

넜습니다.

부유층이 자주 이용하는 레스토랑. 마법사에 관한 서적도 취급하는 커다란 서점.

조심스럽게 저희는 묻고 다녔습니다.

"글쎄……? 그런 사람은 들어본 적 없는데."

한 사람, 또 한 사람.

"어디 보자……. 본 적이 없는데……."

저희는 착실하게 탐문 조사를 하고 다녔고.

"동물 학대? 아니, 그런 사람은 딱히……."

그렇게 약 세 시간 정도, 범위를 넓혀서 탐문 조사를 했을 때였습니다.

"확실히, 너희가 말하는 특징을 가진 여성은 이 근처에 살고 있어."

부유층인 장년 남성이 저희 질문에 고개를 끄덕였습니다.

말하길, 그는 그 여성과 면식이 있다고 했습니다.

"조금 기분 나쁜 여성인데, 『이 나라 사람들은 정부에 조종당하고 있다』라고 늘 말하는 아이야. 이름은 분명──."

●

에키나는 어릴 때부터 주변 사람과 다르다는 걸 항상 느끼면 살아왔다.

그녀에게 있어 식사는 집에서도 학교에서도 혼자 하는 것이었다.

휴일은 혼자 지내는 것이었다.

학교에서 타인과 대화를 하는 일은 거의 없었다. 어린아이일 때부터 줄곧 그랬다. 그녀는 어릴 때부터 혼자 뭐든 잘했다. 성적도 좋았다. 요리도 잘했다.

그러나 혼자서 뭐든 잘한다는 것은, 주변과 사이좋게 지내지 못한다는 것과 같은 의미였다. 그녀와 또래 아이들 사이의 골은 나날이 깊어져 갔다.

타인과 다른 이유는 무엇일까.

그녀의 탐구심은 이윽고 나라에서 배제된 마법사의 존재에 다다랐다. 조사하면 조사할수록 그녀는 마법에 빠져들었다.

뒷 루트를 통해 입수한 지팡이를 손에 들고, 마법을 쓸 수 있었을 때.

그녀는 운명을 느꼈다.

"행복해. 행복해."

거리가 어수선했다.

에키나가 일으킨 일련의 사건은 아직 공공연하게 알려지지 않았다. 그러나 그래도 그녀의 행동이 아무런 영향도 주지 않은 것은 아니었다. 마을 곳곳에서 보안국 인간을 볼 수 있게 된 것이 무엇보다도 그것을 증명하고 있었다.

분명 앞으로 한 사람이나 두 사람 더 죽이면, 나라는 에키나의 범행을 공표하리라.

마법사의 존재를 인정하리라.

이제 조금만 더.

이상에 멀지 않은 곳까지 온 것이다.

"멋져, 멋져."

다음 사냥감은 누구로 할까.

설레하며 그녀는 걸었다.

그 시선 끝에는.

흑발 청년의 모습이 있었다.

이름은 티로스.

나라의 관공서에서 일하는 청년이었다.

○

저희가 알아낸 정보는 보안국장에게 바로 보고했고, 보안국 전체와 공유했습니다.

서두르지 않으면 새로운 피해자가 나오리라는 것은 명백했고, 그리고 범인의 소재는 이미 판명되었습니다.

"마녀님, 일을 부탁해도 되겠습니까?"

즉, 처음 예정대로 제가 나설 차례였습니다.

"범인의 거처에는 크레타와 둘이서 가주십시오. 그리고 가능한 한 주변에 들키지 않을 방법으로 무력화해주십시오. 생사는 따지지 않겠지만 되도록 산 채이길 바랍니다."

가능한 한 주변에 들키지 않도록이라고 말씀하신들 상대가 날뛰면 어찌할 도리가 없습니다만.

그렇다는 것은 즉, 에키나 씨라는 사람과 원만하게 대화를 나누면서 마법을 쓸 틈을 주지 말고 조용히 수갑을 채워라, 라는 것일까요?

마법에 관한 지식이 전혀 없는 탓에 무척 터무니없는 소리를 하는군요.

"뭐, 가능한 한 노력해보겠습니다."

가능하다고는 말하지 못했습니다.

범인이 판명된 지금, 이제 제가 크레타 씨와 사이좋게 쇠사슬로 연결되어 있을 이유 같은 건 없습니다. 그러나 이 나라 사람들에게 마법사라는 존재에 대한 평가는 여전히 현저하게 낮으니, 푸는 것은 허가해주지 않을 테지요. 심지어 "마녀는 마법사 최고 위잖아요? 이 나라의 살인귀를 잡는 것도 못 하는 겁니까?" 등등, 무지한 탓에 바라는 게 많을 것 같다는 기분도 들었습니다.

결국 저는 크레타 씨와 손과 손을 쇠사슬로 이은 채, 부유층의 거리를 걸었습니다.

마법사 에키나 씨의 집 주변에는 이미 보안국 분들이 잠복해 있었습니다. 그들의 보고에 따르면 지금까지의 사건 현장에서 목격되었던 수상한 여성, 에키나 씨의 모습이 창문 너머에—— 집 안에서 확인되었다고 합니다.

이제 저희가 돌격하기만 하면 됩니다.

"만약 저희가 실패하면 어떻게 될까요?"

라이플의 슬링을 단단히 쥐면서 크레타 씨는 중얼거렸습니다. 목소리는 희미하게 떨리고 있었습니다.

"밖에 보안국 사람들이 있는 건 아마도 저를 신용하지 않기 때문이겠죠."

"…………."

실패해서, 에키나 씨가 밖으로 나오는 일이 생긴다면 아마도 바로 발포하지 않을까요? 그 후 어떻게 수습할 셈인지는 모르지만, 다섯 명째의 피해자를 만드는 것보다는 낫다는 판단일 테지요.

"실패하면 안 되겠군요."

저는 말했습니다.

이윽고 저희는 에키나 씨의 집 앞에 다다랐습니다.

크고, 훌륭한 집이었습니다. 문에는 도어 노커가 달려 있었고, 콩콩하고 두 번 두드리자 안에서 "네에" 하고 온화한 목소리가 울렸습니다.

자연히 저희는 말이 없어졌습니다.

이윽고 발소리가 문 가까이로 다가왔고, 그리고 호흡을 가다듬을 틈도 없이, 열렸습니다.

"누구세요?"

짙은 적자색의 긴 머리카락. 피처럼 붉은 눈동자.

나이는 20대 중반 정도. 붉은 드레스를 입고 있는 그녀는 그야말로 목격 정보 그대로의 외모를 하고 있었습니다.

"당신이 에키나 씨인가요?"

크레타 씨는 물었습니다. 자신이 누구인지는 그녀의 차림만 보면 알 수 있을 테지요.

"……보안국분, 이죠? 무슨 용건인가요?"

에키나 씨는 어찌할 바를 모르는 듯 보였습니다. 속이 빤히 들여다보입니다.

"실은 당신에게 조금 묻고 싶은 게 있습니다. 지금, 시간 괜찮으십니까?"

크레타 씨는 발을 내디뎠습니다. 문을 닫고 도망치지 못하도록 문 사이에 발을 끼워 넣었습니다.

직후입니다.

"무슨 일이야? 에키나."

문 너머에서.

에키나 씨의 등 뒤에서, 다정하게 물어 오는 목소리가 들려왔습니다. 들어본 적 있는, 남성의 목소리였습니다.

"손님이야?"

티로스 씨.

문 너머에서 그는 다정하게 웃었습니다.

○

"아마도 협력자가 있을 겁니다."

크레타 씨와 둘이서 지도를 바라보며 범인의 거처를 추려내고 있던 때, 저는 말했습니다.

"일련의 범행은 수상한 여성 혼자서 한 범행이라고는 생각하기 어렵다고 봅니다."

범인을 추려내던 중에 갑자기 그런 발언을 꺼낸지라 그녀는 조금 당황한 모습을 보였습니다.

"어째서 그렇게 단언하는 건가요?" 하고 그녀는 물었습니다.

말을 들으며 떠올린 것은 네 번째 피해자의 시신. 그리고 지난 세 건의 피해자들의 시신입니다.

"마법사라는 건 글씨처럼 사용자에 따라 버릇 같은 것을 갖고 있답니다. 불꽃을 만드는 마법으로 예를 들자면, 마력을 쏟는 방식과 쏟는 양, 그리고 쏟는 시간이 다르면 불의 크기는 당연히 달라집니다. 이것들이 사용자에 따라 다른 버릇 내지는 개성이 될 수 있습니다만."

기본적으로 이러한 버릇은 독학으로 배운 마법사에게 특히 많이 나타납니다. 학교에서 마법을 배우면 좋게든 나쁘게든 버릇이 적어집니다.

"……피해자의 상처에 남아 있던 마법의 버릇이 크다는 겁니까?"

크레타 씨는 고개를 갸웃거렸습니다.

저는 긍정도 부정도 하지 않았습니다.

"더욱 정확하게 말하자면, **버릇이 두 종류 있습니다.**"

아마도 마법사에 관한 지식이 부족한 탓에 이 나라의 보안국 사람들은 눈치채지 못했을 테지요. 저는 처음 세 건의 피해자들의 시신 사진을 나란히 놓고 몸에 남겨진 상처를 가리켰습니다.

"범인들은 아직 마법사로서의 능력은 높지 않을 겁니다. 피해자들에게 남겨진 상처 중에 불꽃으로 태운 흔적도 있습니다만, 대충 보기에 불꽃은 광범위에 영향을 미치는 것과 몸의 극히 일부를 태우는 것으로 두 종류가 쓰였습니다. 얼음으로 굳게 하거나, 마법으로 몸의 일부를 뒤틀거나, 이것저것 해본 모양인데, 역시 한 번의 마법을 위해 마력을 방대하게 쓴 흔적과 어느 정도 자제하면서 사용한 흔적, 두 종류가 있습니다."

그리고 이러한 특징의 차이는 첫 번째 사건, 두 번째 사건, 세 번째 사건으로 횟수가 거듭되어도 줄어들지 않았습니다.

"이건 어디까지나 억측입니다만—— 피해자들을 납치해 나르는 역할은 그 협력자가 담당하고 있는 게 아닐까요?"

아마도 운반할 때 마법을 쓸 테지요. 그래서 고문에 참여할 때는 어느 정도 마력을 누를 필요가 있고, 반대로 목격 정보에도 있었던 수상한 여성은 운반할 때의 마력을 생각하지 않아도 되니 사양 않고 피해자에게 마력을 날릴 수 있다.

아마도 그렇게 역할 분담을 하면서 피해자들을 습격하고 있는 것이 아닐까요?

"뭐. 어디까지나 억측입니다만——."

"…………."

크레타 씨는 눈을 내리떴습니다.

크게 한숨을 내쉬면서 그녀는 "그건 싫네요……"라는 말을 내뱉었습니다.

"뭐, 어디까지나 예상이지만요."

저는 안심시키려는 말을 그녀에게 들려주었습니다.

"——범인인 에키나라는 여자 말인데, 아무래도 남자와 동거하고 있는 모양이야."

범인을 추려내고, 거처를 보안국 인간이 포위했을 때, 보안국장은 저희에게 말했습니다.

"동년배인 남성이다. 아마도 연인이나 그런 거겠지. 그 연인이 에키나라는 여자의 본성을 알고 있는지 어떤지는 모르겠지만."

협력자가 있다.

제가 지도 앞에서 이야기했던 억측이 안 좋은 상상을 불러일으켰습니다.

"만약에 그 남성도 그녀의 범행을 알고 있었다면, 어떻게 해야 할까요?"

크레타 씨는 국장님에게 물었습니다.

범행을 알고 있었다면. 알고서도 그녀를 몰래 숨겼다면. ──혹은 그녀와 함께 범행을 저질렀다면, 어떻게 해야 할지.

사실은 물을 것도 없는 일입니다.

국장님은 그다지 표정을 바꾸지 않고, 답했습니다.

"범인과 같은 취급을 하도록."

결코 인간이라고 생각하지 말라고 못을 박듯이, 국장님은 크레타 씨에게 알아듣게 말했습니다.

○

"그러고 보니 아직 소개하지 않았었네. 이쪽은 에키나. 내 애인이야."

크레타 씨와 티로스 씨가 아는 사이라고 판명되자 저희는 불쑥

집에 찾아온 보안국 사람들에서 평범한 친구로 대우가 바뀌었고, 에키나 씨는 저희를 안으로 안내해주었습니다.

테이블을 사이에 두고 소파에 마주 앉은 저희.

크레타 씨는 티로스 씨를 바라보고.

그리고 저는 에키나 씨를 제각기 바라보고 있었습니다.

저희 사이에서는 갓 끓인 홍차가 김을 피워올리고 있었습니다.

겉보기로는 그저 행복해 보이는 연인들이 그곳에 있을 뿐이었습니다.

"이 사람과는 작년에 알게 됐어. 서로 취미나 취향도 비슷해서 금세 가까워졌지. 사귀기 시작한 지 곧 반년쯤 되려나."

옆에서 행복한 미소를 짓고 있는 에키나 씨는, 그의 말에 고개를 끄덕였습니다.

"네, 그러네요."

고개를 끄덕이면서, 그 시선은 크레타 씨에게 쏟아졌습니다.

"하지만 놀랐어요. 보안국에 지인이 있었다니."

"…………."

크레타 씨는 험악한 표정으로, 에키나 씨를 바라보았습니다.

"학생 시절에 선후배 사이였어요. 보안국의 지인이라기보다는, 후배가 보안국에 들어갔다는 편이 맞겠죠."

"보안국이라고 하면, 이 나라를 나쁜 사람들한테서 지키는 조직이잖아요. 그런 데서 일하다니, 멋지네요. 멋져요."

뺨에 손을 대며 미소 짓는 에키나 씨. 연기로 하는 말인지, 진심으로 하는 말인지, 그 태도로는 판별할 수가 없었습니다.

"에키나 씨는 무슨 일을 하고 있나요?"

저는 물었습니다.

"관공서요. 그와 같아요."

만든 것처럼 아름다운 미소가 제 쪽을 향했습니다.

"1년 전에 부서 이동이 있었는데, 이 사람이 제가 있는 부서로 와서, 그 후로 가까워졌죠."

"오호라."

어떤 부서인가요?

등등 제가 묻기도 전에 에키나 씨는 말을 늘어놓았습니다.

"관공서에서 일하고 있다고 해도 우리가 있는 부서는 잡무만 하는 곳인데 말이죠—— 우리는 수입품 관리를 하고 있어요."

"수입품 관리, 인가요?"

"네. 수입품의 품질을 관리하거나, 이상한 물건이 섞여 들어오지 않았는지 확인하거나—— 그런 잡무를 하고 있죠."

"이상한 물건."

"수입이 금지되어 있는 약물이라든가, 출처 불명인 수상한 돈이라든가, 그리고——."

마법 도구라든가.

그런 수상한 물건이 국내에 나도는 일을 막는 것이 그들의 일이라고 합니다.

"뭐 나라를 지키는 일을 하는 당신들에 비하면 무척 편한 일이죠."

"…………."

크레타 씨도 저도, 아무런 대꾸도 하지 않았습니다.

호화로운 실내가 침묵에 휩싸였습니다.

저희 사이에 놓인 홍차 향기가 서서히 사라져가고 있었습니다.

"다 식겠어요. 홍차."

안 드시나요? 하고 에키나 씨는 물었습니다.

목이 마르지 않은 것도, 홍차가 싫은 것도 아니었습니다. 하지만 저도 크레타 씨도, 결코 손을 뻗는 일은 없었습니다.

그 대신에, 저는 고개를 들고.

"자주 섞여 들어오거나 합니까?"

"네?"

"수입품에, 이상한 물건. 자주 섞여 들어옵니까?"

"……? 네, 그러네요……. 평화로운 나라이기는 하지만, 역시 나쁜 생각을 하는 인간은 일정 수 있다는 거겠지요. 자주 봐요. 약물도 돈도, 마법도구도."

"그래서, 반입된 물건은 어떻게 합니까?"

"당연히, 처분되죠."

"과연."

그리고 제가 고개를 끄덕였을 때.

티로스 씨가 고개를 갸웃거렸습니다.

"그런데 크레타와 일레이나 씨는 오늘 무슨 용건으로 우리 집까지 온 건가요? 제 애인과 세상 돌아가는 이야기를 하기 위해서는 아닐 테죠?"

"……그건."

크레타 씨는 말문이 막혔습니다. 티로스 씨에게서 도망치듯이 떨어진 시선이, 자신의 손으로 쏟아지고 있었습니다.

"티로스 씨는, 언제부터 그쪽의 에키나 씨와 동거하셨나요……?"

"반년 정도 전이던가?"

"그녀에 관해 다 알고 있습니까? 평소 무얼 하고, 어떤 걸 좋아하고, 어떤 식으로 생각하며 살고 있는지, 알고 있습니까……?"

"음? 알고 있다고 생각하는데?"

"그런가요…….."

크레타 씨는 한숨을 내쉬어가며 고개를 끄덕였습니다.

무언가를 포기한 것 같은, 깊은 한숨이었습니다.

"그러고 보니, 일레이나 씨, 크레타 씨. 들어봐 주시겠어요?"

목소리를 살짝 높이고, 에키나 씨는 손뼉을 치고, 그리고 싱거운 세상 이야기를 이어갔습니다.

"우리 일 중에는 섞여 들어온 기이한 물건은 처음부터 존재하지 않았던 것으로 만드는 경우가 많답니다. 좋지 않은 것을 시민의 눈에서 감추는 데는 처음부터 존재하지 않았던 것으로 만드는 게 가장 쉽고 빠르니까요."

그녀의 손이 천천히 아래로, 그리고 소파 위에서 멈추었습니다.

그리고 **싱거운 세상 이야기**는, 계속해서 그녀의 입에서 자아졌습니다.

"하지만 이 기이한 물건을 처분하는 일이라는 게 꽤 큰일이라서요. 고생하는 경우도 많답니다. 수입품에 섞여든 기이한 물건은 언뜻 보면 평범한 상품과 별 다를 바 없는 모습을 하고 있는 경우가 많거든요."

깨닫고 보니 에키나 씨도 티로스 씨도, 둘 모두 소파 위에서 손을 맞대고 있었습니다. 연인답게 손과 손을 겹치고, 그리고 손가락을 깍지 껴 쥐었습니다.

서로의 존재를 확인하듯이.

"다시 한번 물을게요. 오늘은 무슨 용건인가요?"

저는 에키나 씨와 서로를 바라보면서, 손끝에 힘을 주었습니다.

쇠사슬로 이어진 손 저편에서, 잘그락하는 소리가 울렸습니다. 라이플로 손을 뻗고 있는 것일 테지요── 시야 끝에서 차가운 쇳덩어리가 아주 조금 움직이는 기척이 있었습니다.

다시 호화로운 실내가 침묵에 휩싸였습니다.

"일을 하러 왔습니다."

그리고 제가 지팡이를 들고, 거의 동시에 두 개의 지팡이가 저희를 향해 겨누어졌습니다.

홍차 향기는, 더는 나지 않았습니다.

●

"이 나라에는 마법사가 지금도 존재하고 있다고 생각하지 않아?"

에키나의 부서로 뒤늦게 들어온 티로스가 처음 그녀와 만난 날 한 말이었다.

"하늘을 날고, 어떤 일이든 원하는 대로. 이렇게나 멋진 존재를 나라에서 쫓아내다니 믿을 수 없어."

나라의 상층부 녀석들은, 자신들에게 거스르지 못하도록 마법사가 없다고 믿게 만들고 있는 게 아닐까? ——서적에 섞여 들어온 몇 권의 마도서를 소각로에 던져 넣으면서, 그는 푸념처럼 에키나에게 말했다.

에키나는 그런 그를 믿을 수 없는 것을 보는 듯한 눈으로 보고 있었다.

아아, 저질렀다. 초면에 갑자기 이상한 남자라고 여겨지고 말았어.

"미안. 지금 그건 잊어줘."

농담처럼 웃으면서 그는 다시 일로 돌아갔다. 입국을 금지당한 책들. 나라에서는 볼 수 없는 귀중한 책들이 불길에 휩싸여 사라져간다.

"잊지 않을 거야."

그의 옆에서, 에키나는 고개를 저었다.

에키나와 같은 생각을 하는 인간이 나라 안에 있었고, 마찬가지로 마법 도구를 접하는 일에 종사하게 된 것도.

그도 역시, 그녀와 마찬가지로 **옛날부터 다른 사람보다 뛰어난 것을 갖고 있었던 것도.**

취미와 취향이 완전히 같다는 것도.

모든 것은 운명이라고 생각했다.

그들은 서로에게 강하고 강하게 끌렸다.

자신의 모든 것을 서로 이야기할 수 있는 상대는, 그에게 있어서도, 그녀에게 있어서도, 단 한 사람뿐이었다.

"아마도 역사서에 쓰인 것은 전부 거짓 역사일 거야. 이 나라에는 마법사가 전부터 쭉 존재하고 있었고, 하지만 너무 강한 힘을 가진 탓에 역사에서 존재를 소멸당한 거지."

두 사람에게는 확신이 있었다.

"마을 사람들은 마법을 쓸 수 없다고 세뇌된 거야. 마법을 빼앗기고, 그러나 빼앗긴 사실조차 깨닫지 못하도록 정부는 숨기고 있는 거지."

불리한 건 처음부터 없었던 것으로 만들어버리는 것이 가장 쉽고 빠르다.

마치 그들이 수입품 중에서 **나쁜 것**을 제거하는 것과 마찬가지로, 정부의 상층부는 불리한 사실을 덮어 감추려 하고 있는 것이라고 두 사람은 확신했다.

"우리가 마을 사람들을 눈뜨게 해줘야 해."

그리고 두 사람의 사명감은, 한 달 전부터 이어진 연속 살인으로 바뀌었다.

"──자, 사실을 말해줘. 역사서에 거짓을 쓰라고 지시를 내린 건 대체 누구야? 누가 주도해서 이 나라에 마법사가 없다고 믿게 하고 있는 거야?"

두 사람 모두 나라의 관공서에서 일하고 있기 때문에, 범행은 비교적 간단히 벌일 수 있었다. 누가 나라의 상층부 인간인지도, 어디에 살고 있는지도, 간단히 조사할 수가 있었다.

일을 마치고 돌아가는 관리의 뒤를 쫓아 습격하고, 지하실로 끌고 와서 고문을 가하는 등, 마법을 익힌 두 사람에게는 대수롭지 않은 일이었다.

"잘못했어요! 잘못했어요! 살려주세요! 제발——."

첫 피해자는 기대에서 어긋났다. 무얼 물어도 사과할 뿐, 유익한 정보는 아무것도 얻을 수 없었다.

두 사람은 낙담했고, 마법 훈련을 하는 데 관리의 몸을 썼다.

두 번째 피해자는 에키나와 티로스를 온갖 더러운 말로 저주했다.

그들은 자신들이 옳기에 비난을 당하는 거라고 여겼다. 두 사람의 옳음에 관리가 겁을 먹은 거라고 여겼다.

세 번째 피해자도, 네 번째 피해자도, 결코 두 사람이 기대하는 그런 말을 해주지 않았지만, 그러나 그때마다 역시 두 사람의 신뢰 관계는 한층 더 강고해져 갔다.

모처럼 시신 유기 현장을 아름답게 연출하고 있건만, 두 사람의 사건은 결코 겉으로 드러나지 않은 것이다.

"보안국까지도 정부의 말에 순종하고 있는 거야. 우리 사건이 알려지지 않은 것이 바로 그 증거야."

"그 말대로야."

더 열심히 해야겠다며 티로스는 마법으로 침대를 접었다.

두 사람은 제각기 역할을 나누었다. 피해자를 운반하는 역할은 티로스가 맡았다. 에키나는 그가 사람들 눈에 띄지 않도록 선도하고, 고문실에 도착하면 둘이서 함께 관리를 괴롭혔다. 용건이 끝난 관리는 고문실까지 왔을 때와 마찬가지로 에키나가 선도하고, 티로스가 운반했다. 피해자의 방에 도착하면, 고문을 가했을 때와 마찬가지로 둘이서 현장을 꾸몄다.

"어째서 당신은 겉으로 드러나길 싫어하는 거야?"

범행 현장 근처에서 에키나의 목격 정보만 나온 것은, 이제까지의 범행에서 티로스가 안전하게 운반할 수 있도록 직접 선도를 담당한 결과였다.

결코 에키나만 눈에 띄는 것에 불만이 있는 것은 아니다.

그저 그녀는 불안했다.

혹시 티로스는 본심으로는 에키나와 같은 생각을 하고 있지 않은 것은 아닐까. 공동 작업을 하고 있다고 느끼는 것은 에키나 혼자뿐인 건 아닐까. 어린 시절 느꼈던 고독이, 다시 그녀의 머리를 스쳐 갔다.

그러나.

"당신을 지키기 위해서야."

티로스는 다정하게 속삭이며 그녀를 끌어안았다.

"분명 우리의 행동은 정부 녀석들이 지워버리려 들 테지. 그런 때 당신을 지키기 위해 싸울 수 있도록, 나는 당신의 그림자가 될 거야."

완성된 네 번째 사건 현장을 자랑스럽게 바라보면서, 티로스는 말했다.

그는 달콤한 말과 함께 그녀의 손가락에 반지를 끼워주었다.

모든 것이 운명이라고 여겼다.

"고마워."

에키나는 다정한 그에게 몸을 맡겼다.

분명 두 사람이라면 어떤 고난도 뛰어넘을 수 있으리라 여겼다. 그들의 행동은 그들에게 있어 모든 것이 정의였다. 두 사람에게는 누구에게도 침해당하지 않을 두 사람만의 세계가 있었다.

앞으로도, 두 사람이라면 어떤 곤란도 뛰어넘을 수 있다.

에키나는 그리 확신했다.

그리고 그날로부터 이틀 후.

티로스는 자신의 말대로, 그녀를 지키기 위해 싸우고, 절명했다.

○

우선 첫 마법을 날린 것은 에키나 씨였습니다. 그녀는 급조해서 모양이 나쁜 울퉁불퉁한 얼음 기둥을 몇 개 지팡이에서 만들어내고, 날렸습니다. 저는 그것을 곧바로 때려 부수고, 그녀의 손에서 지팡이를 튕겨냈습니다.

에키나 씨는 이길 수 없다고 판단한 순간 바로 양손을 들고 항복했습니다.

그 모습을 보고 있던 티로스 씨도 포기한 듯한 표정으로 바로 지팡이를 버리고 양손을 들었습니다.

아, 다행이다. 그럼 이제 이걸로 끝이로군요. 간단히 끝나서 다행이에요──하고 안도하면서 크레타 씨 쪽으로 시선을 돌려보니, 그녀의 배에 나이프가 꽂혀 있었습니다.

지팡이를 던져버리기 직전, 티로스 씨는 마법으로 크레타 씨의 배를 향해 나이프를 날렸던 것입니다.

그리고.

아직 끝나지 않았다는 것을 저희가 깨달았을 때는, 티로스 씨는 이미 크레타 씨에게 닥쳐들었고.

그 손에는 한 자루의 나이프가 쥐어 있었습니다.

저는 그를 멈추기 위해 지팡이를 겨누었습니다.

그러나 그때 티로스 씨는 이미 크레타 씨에게 손이 닿을 거리까지 다가와 있었고.

그리고 동시에 티로스 씨도 또한, 총구 앞까지 다가와 있었습니다.

총성이 울려 퍼졌습니다.

티로스 씨가 마지막 힘을 짜내 휘두른 나이프는 그대로 그녀의 뺨을 스치고, 소파로 굴러갔습니다.

목숨을 잃은 그의 몸은, 그 위로 쓰러졌습니다.

"……아."

크레타 씨의 발밑에서, 티로스 씨는 숨이 끊겨져 있었습니다.

움직임도, 호흡도, 무엇 하나 없었습니다.

피 웅덩이가 그의 복부에서 서서히 퍼져나갔고, 그녀의 발밑을 붉게 물들여갔습니다.

크레타 씨는 망연히 그 모습을 바라보고 있었습니다.

"아하."

웃음소리가 들렸습니다.

제 맞은편 쪽에서.

"아하하, 하하! 하하하하하하하하! 아하하하하하하하하하하하하하하하하하하하!"

그 자리에 주저앉아서, 망가진 것처럼 에키나 씨는 웃었습니다. 계속해서 웃었습니다.

총성을 들은 보안국 사람들이 현장으로 들이닥친 후에도, 그들이 에키나 씨를 구속한 후에도, 그녀는 계속 웃었습니다.

보안국 사람들에 의해 티로스 씨의 시신은 옮겨졌고, 에키나 씨는 연행되었습니다.

팔을 잡혀 끌려가면서도 여전히 그녀는 웃었습니다.

그리고.

크레타 씨와 스쳐 지나가는 중에, 말했습니다.

"당신은 지금, 한 인간을 죽인 거야."

○

결코 표면적으로 드러나지 않을 살인 사건은 이렇게 사람들의 눈에 띄는 일 없이 해결되었습니다. 대낮에 갑자기 울린 총성에 마을 사람들은 놀랐고, 다양한 억측이 난무했지만, 보안국에 의한 오발포라는 형태로 사죄문이 나왔고, 사건 그 자체가 없었던 것으로 취급되었습니다.

"마녀님, 이번에 저희 조사에 협력해주셔서 감사했습니다."

사건을 무사히 수습한 크레타 씨는 보안국에서 표창을 받았습니다.

나라의 관리를 죽이고 다닌 살인귀 2인조의 거처를 파악하고, 무사히 잡을 수 있었던 것은 분명 그녀의 공적이라고 인정되었습

니다.

"우리나라의 정부도 매우 기뻐하고 있다. 앞으로 자네의 활약을 기대하지."

보안국장은 노골적으로 그녀를 칭찬하고, 그리고 동시에 "결국, 마법사의 손을 빌리지 않았어도 아무런 문제도 없었군요"라고 제게 말했습니다.

귀중한 며칠을 쓸데없이 낭비하게 해서 죄송합니다, 라고도.

마법사를 향한 혐오에서 오는 빈정거림이라는 것은 명백했습니다.

"…………."

뭔가 대꾸할 마음도 들지 않았고, 저는 그저 고개를 젓는 데 그쳤습니다.

사건이 끝나면 저는 이제 필요 없습니다.

곧바로 출국 준비에 들어갔습니다. 크레타 씨의 집으로 돌아와, 짐을 정리하고, 저는 나라를 떠나기 위해 문 쪽으로 서둘러 갔습니다.

여전히 쇠사슬로 연결된 채, 저희는 행동을 함께했습니다. 나라를 나갈 때까지 저는 여전히 감시 대상이었던 것입니다.

문 앞까지, 그녀와는 쭉 함께입니다.

그리고 문 앞까지, 그녀는 줄곧 말이 없었습니다.

"…………."

문을 통과했을 때, 저는 로브를 걸치고, 삼각 모자를 썼습니다. 그렇게 평소의 여행 복장으로 돌아왔고.

헤어지는 순간.

그녀는 제 손을 잡고, 팔찌에 열쇠를 꽂고 풀어주었습니다.

쇠사슬의 무게를 잃은 제 손을, 차가운 그녀의 두 손이 감쌌습니다.

"크레타 씨."

저는 그녀의 이름을 불렀습니다.

"…………."

그녀는 고개를 들었습니다. 당장에라도 사라져버릴 듯 약하디약한 얼굴을 한 그녀가, 저와 마주했습니다. 무어라 말을 하면 좋을까요.

역시.

저로서는 아무것도 할 수 없는 걸까요?

"일레이나 씨."

떨리는 목소리로, 그녀는 말했습니다.

"손을, 빌려도 괜찮을까요?"

"…………?"

네 하고 저는 고개를 끄덕였고, 그녀는 제 손을 자신의 뺨에 댔습니다.

"제가 마법사와 사이좋게 있는 모습을 들키면, 분명 나라 사람들이 좋지 않은 오해를 해버릴 테니까요."

그러니 손의 감촉만을, 빌려주세요── 그녀는 말했습니다.

뺨은 차가웠고, 그 눈은 어둡게 가라앉아 있었습니다.

"일레이나 씨의 말대로네요."

마법사도, 사람이었어요.

그녀는 말했습니다.

마법사도 평범하게 살아 있고, 평범한 인간과 다르지 않다.

그런 이야기를, 그녀에게 했던 것을 저는 기억하고 있습니다.

"하지만── 마주하는 것이 이토록 아프고 괴로운 일일 줄은, 몰랐습니다."

그녀의 뺨으로 눈물이 떨어졌습니다.

따뜻한 감촉이, 제 손가락을 타고 흘러갔습니다.

"크레타 씨."

저는 그녀의 눈물을 따라 손끝으로 닦아주었습니다.

"미안해요. 나는, 아무것도──."

하지 못했습니다.

나이프가 스치며 생긴 상처는 여전히 그녀의 뺨에 남아 있었습니다.

"괜찮습니다."

그녀는 제 시선을 깨닫고, 웃었습니다.

"통증은 사라졌으니까, 그러니까, 괜찮습니다."

"…………."

"내일이나, 모레나, 더 미래에, 분명 상처는 사라질 겁니다. 그러니까 분명, 괜찮을 겁니다."

긍정적인 말과 달리, 그녀의 눈물은 끊임없이 뺨을 타고 흘러내렸습니다.

저는 그녀의 뺨에 난 상처에 눈물이 닿지 않도록, 뺨에 손을 계속 대고 있었습니다.

그것이 그저 한때의 위안이라고 알고 있어도.

●

"저기, 그거 알아? 전에 이 근처에 에키나라는 여자가 살았잖아?"

"응? 아아, 잡혀갔지."

그게 왜? 하고 테이블을 사이에 두고 마주 앉은 친구에게, 그녀는 물었다. 낮의 찻집에서는 대수롭지 않은 대화가 넘쳐나고 있었다.

일 관련 상담.

취미 이야기.

마을 주민에 관한 소문.

어디 사는 누군가의 험담.

억측에 의한 음모론.

"그거 알아? 그 에키나라는 여자, 실은 마법사였어."

의기양양한 표정으로 친구는 말했다. 그녀는 질색했다. 언제나 밑도 끝도 없는 소문을 마치 이 세상의 진실인 것처럼 과장해 이야기하는 그가 그녀는 싫었다.

"어이 어이. 혹시 의심하고 있는 거야? 이번에야말로 진짜라니까! 나, 봤다고. 그 에키나라는 여자가 보안국 놈들한테 끌려가는 걸 말이야!"

"나쁜 짓을 해서 체포됐을 뿐인 거겠지."

그녀는 학생 시절의 에키나를 알고 있다. 평소 혼자서 언제나 히죽히죽 웃고 있던, 기분 나쁜 아이로 눈에 띄던 에키나는 언젠가 무언가 돌이킬 수 없는 짓을 벌이지 않을까 하고 동급생 사이에서도 말이 나왔었다.

"그게 마법과 무슨 관계가 있는데?"

"에키나가 체포된 날에 총성이 들렸잖아."

"들렸지."

"그건 에키나를 죽이려고 쏜 거였다고. 하지만 에키나는 살아 있잖아? 그건 에키나가 마법사였기 때문이라고!"

"그게 뭐야."

의미를 모르겠네. 하고 그녀는 가볍게 넘겼다.

그녀는 남자와의 대화에 완전히 흥미를 잃었지만, 그런 것도 눈치채지 못한 남자는 말을 계속했다.

"분명 이 나라의 정부는 뒤에서 터무니없는 짓을 하려고 하는 거야. 그래서 마법사를 잡아서, 나라에서 관리하고 있는 거지――."

분명 이 나라 정부는 뭔가 터무니없는 걸 꾸미고 있어.

"그런 일을 할 리가 없잖아."

너무나도 어이없는 이야기다.

한숨을 섞어가며 그녀가 냉담하게 부정해도, 남자는 이미 그녀의 말에 귀를 기울이고 있지 않았다.

"이 나라는 마법사를 써서, 주민의 머리를 조작하고, 지배하려하고 있는 거야――."

마치 그것이 이 세상의 진실인 양, 남자는 망상을 펼쳤다.

제 6 장

정오를 조금 지난 큰길에서 가장 많이 볼 수 있는 것.

여러분은 그것이 무엇인지 아십니까?

"아앗! 마녀님! 당신, 마녀님이지? 제발 내 소원을 들어주지 않겠어?"

".........."

그렇습니다. 이상한 사람입니다.

그것은 제가 어느 나라를 여행하고 있을 때의 일이었습니다. 화려한 차림을 한 한 여성이, 화려한 몸짓을 하며 무릎을 꿇고, 제 손에 뺨을 비비며 "아아, 마녀님…… 마녀님……" 하고 속삭였습니다. 이 얼마나 정열적인 태도인가요. 아마도 저와 그녀가 잘 아는 사이였다면 이토록 겸손한 자세의 그녀에게 적어도 조금은 설레며 기학심을 간질였을 테지만, 그러나 슬프게도 저와 그녀는 완전히 초면. 오싹오싹하고 소름이 제 온몸에 돋았습니다.

"아아…… 마녀님 마녀님 마녀님……."

"저기…… 좀, 하지 마세요 민폐입니다……."

"마녀님 마녀님 마녀님……."

"이 사람 뭐야……."

갑작스레 닥쳐든 불합리함에 인간은 너무나도 무력합니다. 애초에 어디의 누구인지도 모르건만, 대체 어째서 나는 그녀에게 얽히고 만 것일까요.

너무나도 갑작스러운 상황에 저는 조금 당황했습니다만, 그러나 충격은 거기서 그치지 않았습니다. 한낮, 주변에 많은 통행인이 유별난 수수께끼의 여성의 행동을 보고 있건만, 그들은 저를 전혀 도와주려 하지 않았던 것입니다.

"어이……! 저건 혹시 대배우 마릴린 아니야……?" "정말이네! 마릴린이야……! 그렇다는 건, 무슨 토막극 같은 건가?" "저건 아마도 마녀에게 청혼하는 부담스러운 여자 역할일 거야. 틀림없어." "멋있어…… 부담스러운 여자의 면모가 유감없이 발휘되고 있어……."

대단히 충격을 받았습니다만, 아무래도 제게 갑자기 얽혀든 그녀는 연기 일을 하시는 모양이었습니다.

그것도 나름대로 인기 있는 분인가 봅니다.

"아아, 마녀님……! 제발 내 소원을 들어주지 않겠어?"

그렇다면 이러한 과장된 언동도 연기의 일환인지도 모릅니다.

슬쩍 제 귓가까지 얼굴을 가져온 그녀는 이어서 소곤소곤 물었습니다.

"저기…… 마녀님, 초면에 이런 질문을 하는 건 무척 부끄럽기 그지없습니다만, 마녀님은 마녀님인 거죠……? 이렇게, 마법을 뾰옹 하고 할 수 있는 분이죠?"

"네에……."

마법을 뾰옹 할 수 있는지 어떤지를 묻는 것보다 먼저 손을 슬슬 문지르는 게 부끄럽지 않으냐고 되묻고 싶을 뿐이었습니다만, 일단 저는 고개를 끄덕여두었습니다.

"세상에! 역시 그렇군요. 그런데 마법을 뾰옹 할 수 있다면, 이렇게, 사람의 마음을 뜻대로 조종하는 일이 가능하기도 한가요?"

"사람의 마음을 뜻대로 조종, 인가요……?"

"네. 구체적으로는 거짓말을 못 하게 하거나, 혹은 호의를 자유자재로 조종하거나, 상대를 노예처럼 조종하거나, 그런 형편 좋은 마법을 쓸 수 있거나 하지 않은가요? 솔직히 말해서 어떤가요?"

"당신은 마녀를 뭐라고 생각하는 겁니까……?"

"그런 느낌의 마법을 자유롭게 쓸 수 있는 사람이라고 생각하고 있는데요?"

저는 한숨을 내쉬었습니다.

"만약 그런 형편 좋은 마법을 언제든 자유롭게 쓸 수 있다면 그야말로 지금 당장 썼을 겁니다."

"어머나! 대배우인 나에게 무얼 할 셈?"

과장되게 놀라는 마릴린 씨.

그러더니 그녀는 바로 제가 말하고자 하는 바를 이해했습니다.

"알았어요! 내가 당신에게 말을 건 이유를, 목적을 내 입으로 말하게 할 셈인 거죠? 그런 거죠? 숨김없이 깡그리 말하게 할 셈인 거죠?"

"아니 아닙니다만……."

이해하지 못했군요…….

정말이지 전혀 이해하지 못했군요…….

그보다, 말을 건 이유에 관해서는 묻지 않아도 평범하게 이야기해줬으면 합니다.

"하지만 그렇게까지 정열적으로 요구하면…… 어쩔 수 없네요……."

"요구하지 않았습니다만."

"좋아요! 그 기대에 답해드릴게요!"

"기대하지 않았습니다만."

"내가 당신에게 의뢰하고 싶은 걸 이제부터 이야기할게요. 귀를 잘 파고 잘 들으세요. 마녀님. 그리고 내 기대에 답해줘요."

"그만 돌아가도 되겠습니까?"

"아앗! 아아! 괜찮은가요? 돌아가도 괜찮은가요? 지금 돌아가면 어떻게 될지…… 알고 있겠죠?"

"어떻게 됩니까?"

"후후후…… 솔직한 아이로군요. 그럼 들으세요! 내 이야기를! 그래요. 이야기는 지금으로부터 2년 정도 전으로 거슬러 올라갑니다──."

"그래서, 지금 돌아가면 어떻게 됩니까?"

"쉿! 지금 막 회상에 들어간 참이니까 잠자코 들어줘! 2년 전……, 그래, 2년 전의 나는 매우 제멋대로인 여자였지."

"아니 지금도 그렇습니다만?"

"어머나, 실례잖아! 당신이 나에 대해 뭘 알아?!"

"상대의 이야기를 듣지 않는다는 점일까요?"

"뭐, 됐어. 이제부터 내 회상을 들어. 조금이라도 나에 관해 알아줘──."

"지금도 역시 듣지 않고 있군요."

아무튼 이렇게나 강제적인 여성에게 갑자기 붙들려 이야기를 듣게 된 저는, 갑작스럽게 그녀의 회상에 말려들었던 것입니다.

2년 전.

마릴린 씨가 대배우로서 세간에 주목을 받게 된 것이 대략 그 무렵의 일이라고 합니다. 무대 위에서 눈부신 활약을 보인 마릴린 씨.

"아아, 멋져…… 멋져요……."

그런 그녀의 시선 끝에는, 늘 한 남성의 모습이 있었다고 합니다.

"여어, 마릴린. 오늘 연기도 훌륭했어. 특히 무대 위에서 관객석을 내려다보는 시선이 좋더라고. 마치 연인 같은 달콤한 시선에 무심코 가슴이 두근거렸다니까."

무대를 마쳤을 때, 그녀에게 그런 달달한 감상을 늘어놓는 남성이 한 명.

이름은 빈센트.

배우로, 그녀의 선배인 분입니다.

"빈센트 님……."

그리고 마릴린 씨는 그런 그에게 진심으로 두근두근하고 있었습니다. 사랑을 하면 저돌적으로 맹렬하게. 밀어도 안 되면 밀어 쓰러뜨려라가 모토인 마릴린 씨는 평소부터 빈센트 씨에게 어프로치를 시도하고 있었습니다. 지금 이 순간도 눈을 깜빡이며 뜨거운 시선을 보내고 있습니다.

"…………?"

그러나 슬프게도, 빈센트 씨는 제법 벽창호였던 것입니다. 그녀의 필사적인 어프로치도 허무하게, 그는 "왜 그래? 눈에 먼지가 들어갔어?"라며 그녀의 뺨을 살며시 쓰다듬었습니다. 글쎄, 그는 벽창호이면서 또한 바람둥이이기도 했던 것입니다. 이 얼마나 성가신 성격인가요. 얼굴이 잘나지 않았다면 지금쯤 그는 감옥 안에 있었으리라는 것만큼은 틀림없을 테지요.

"빈센트 님……."

사랑을 하면 눈이 먼다고 하는데, 그녀의 경우엔 이미 스스로 눈을 감고 있었습니다. 눈을 감고 입술을 오므리며 자아 어서 입을 맞추세요 하고 고개를 기울였습니다.

"아, 미안. 슬슬 가야 해. 그럼 또 봐."

그러나 이런 때 여성을 부끄럽게 하고 마는 벽창호.

그는 "안녕" 하고 손을 흔들며 가버렸습니다. 이렇게 홀로 남겨진 마릴린 씨는 가을의 차가운 바람이 부는 중에, 멀어져가는 그의 뒷모습을 바라보았습니다.

"빈센트 님……."

자신의 손을 가슴 앞에서 꼬옥 움켜쥐는 그녀. 그 가슴은 애태우기 플레이를 당하고 있다는 사실에 뜨겁게 불타오르고 있었습니다.

이렇게 2년 전쯤부터 그녀는 쭉 그를 연모하고 있다고 말했습니다.

"──그리고 2년간 계속 사모했는데도, 여전히 나와 그의 관계는 달라지지 않은 채……. 그러니까 마녀님, 협력해줬으면 해요!"

"……협력이라고 하신들."

구체적으로는 어찌하면.

"거짓말을 할 수 없게 되는 마법이나 뭔가를 써서 이렇게……
잘 이어줄 수 없을까? 우리를."

그녀는 말했습니다.

과연. 즉, 중요한 부분은 마녀에게 전부 떠넘기겠다는 거로군요.

"그런데, 하나 물어도 괜찮겠습니까?"

"뭔가요?"

"……그의 어디가 좋은 겁니까?"

"얼굴이요."

"…………."

"얼굴이요."

○

"자, 자, 마녀님! 내게 마법을 걸어주세요! 일단 거짓말을 할 수
없게 되는 마법 같은 건 어떨까요? 거짓도 눈속임도 불가능한 상
태에서 그와 만나면, 그는 분명 내 마음을 알아채 줄 거예요!"

"무슨……."

어째서 제가 그 마법을 당신에게 걸어준다는 걸 전제로 이야기
를 하고 있는 겁니까……?

"자아, 어서 해주세요!"

"무슨……."

어째서 제가 그 마법을 쓸 수 있을 거라는 걸 전제로 이야기를 하고 있는 겁니까……?

그보다 애초에.

"그런 마법을 쓰지 않아도 직접 고백해버리면 되는 거 아닌가요?"

"세상에! 당신은 내 이야기를 들은 건가요?"

"당신에게만큼은 듣고 싶지 않은 말입니다."

"그에게는 지금까지 몇 번이나 어택을 해왔어요! 그런데도 당연하다는 듯이 실패였어요!"

그녀가 말하길, 2년 동안 그에게 사랑을 고백한 횟수는 지금까지 수십 번에 달한다고 합니다. 그래도 빈센트 씨는 안타깝게도 그녀에게 고백받을 때마다 특기인 벽창호를 발휘해버리는 모양이었습니다.

예를 들면 어느 날 무대를 마치고, 매우 평범하게 불러내 매우 평범하게 고백했을 때, 그는 이런 대답을 했습니다.

"멋져……! 그건 다음 무대에서 할 역할의 대사지? 좋은걸! 아주 좋은 연기라고 생각해!"

그는 그녀의 말과 행동이 연기라고 착각했습니다.

과연. 그렇다면 다음은 연기라고 착각하지 않도록 하자고 생각했고, 그녀는 러브레터를 써서 건넸습니다.

"──과연. 이건 다음 무대에서 쓸 소품이지? 좋은걸! 짝사랑을 하는 여자아이의 심정이 잘 표현되어 있다고 생각해!"

그는 곡해했습니다.

이쯤에서 대충 눈치채셨으리라고 생각합니다만, 그는 어떤 고백도 "무대를 위한 연기지?"라며 받아넘기는 성질을 갖고 있었던 것입니다.

"실례지만 그런 남자의 어디가 좋은 겁니까?"

"얼굴이요."

이야기를 듣는 한, 얼굴 이외엔 글러 먹었습니다만. 아무튼, 그런 느낌으로 2년이나 뺀질뺀질 피해버린 결과, 그녀는 기다리는데 지치고 말았던 것일 테지요.

그녀는 조금 의기양양한 표정을 지으면서 말했습니다.

"그는 마음이 갸륵한 분이니까, 거짓말을 하지 못하는 마법을 걸지 않는 한 분명 내 마음에 확실히 대답해주는 일은 없을 거예요. 나는 2년이나 애태워 오면서 지치고 말았어요."

"그러나 2년 동안이나 뺀질뺀질 피해온 시점에서 그게 답이라고 해도 과언은 아닌 것이 아닌지."

"어……………………………………."

그녀의 표정이 절망으로 물들었습니다.

이런, 쓸데없는 말을 해버렸군요.

"죄송합니다 농담입니다. 분명 그는 당신이 너무너무 좋아서 견딜 수가 없는데 부끄럽고 부끄러워서 견딜 수가 없기 때문에 솔직한 마음을 이야기하지 못하는 것일 테지요."

"……과연 정말로 그럴까요?"

놀랄 만큼 차가운 목소리. 깨닫고 보니 그녀의 눈동자가 검게 물들어 있었습니다.

아무래도 저는 무언가 좋지 않은 것을 지적해버린 모양입니다.

그녀는 얼굴에서 표정을 잃어가며.

"처음에 이야기했던 대로, 빈센트 님은 내 선배인 배우. 연기력은 나보다 위예요. 그의 말을 어디까지 믿어도 될지…… 솔직히 말하자면, 나는 모르겠어요……."

"네에……."

"배우는 언제 어떤 때든 배우로 있어야 한다고 그에게 배우면서 나는 배우로서 성장해왔죠…… 그래서, 모르겠어요……. 그의 어디부터 어디까지가 배우이고…… 어디부터 어디까지가 진짜 그인지를……."

갑자기 어두워진 그녀를 바라보면서 저는 과연 밝은 여성부터 어두운 여성 역할까지 해낼 수 있는 그야말로 대배우구나 하고 멍하니 생각했습니다.

하지만 아무래도 그녀에게 있어 아픈 부분을 찔러버린 모양입니다.

"언제나 그는 나를 귀엽다며 쓰다듬어줘요. 언제나 그는 무대 후에 간식을 가져와 줘요. 즐거운 이야기를 많이 해줘요. 내 모습도, 옷도, 머리카락도, 전부 언제나 칭찬해주세요. 사귀고 싶다고도 몇 번이나 말해줬어요. 하지만, 나는 불안해요……. 사실은 그의 말과 행동 전부가, 연기가 아닐까 하고……."

"실례지만 이야기를 들으면 들을수록 드는 생각입니다만 정말로 그 남자의 어디가 좋은 겁니까?"

"얼굴이요."

그녀는 고개를 숙이며 말했습니다.

"그게, 얼굴만큼은 속일 수 없는걸요……."

부, 부담스러워…….

"그러니까 거짓말을 못 하게 되는 마법을 걸어주세요! 마녀님, 부탁이에요!"

"으음……."

저는 조금 곤란해하면서도 그녀에게 한 마디.

"하지만 이야기를 듣는 한은 그도 제법 당신에게 어프로치를 한 것 같으니까, 평범하게 당당하게 대놓고 고백하면 평범하게 받아주지 않을까요?"

사귀고 싶다는 말을 몇 번이나 들은 거잖아요? 그럼 된 거 아닙니까. 정말.

"세상에! 제대로 들은 건가요? 마녀님."

"당신보다는 듣고 있다고 생각합니다만……."

"그는 한 사람의 남성이기 이전에 연기자예요. 그런 그의 립서비스를 진지하게 받아들이다니 그건 그냥 바보잖아요."

"음? 딱히 바보여도 괜찮지 않은가요?"

뭐가 문제인지? 하고 저는 고개를 갸웃거렸습니다.

"애초에 자신에게 있어 아무런 득도 되지 않을 거짓말을 하는 사람은 없잖아요? 바보가 돼서 그의 말을 전부 액면 그대로 받아들인다고 해서 무슨 문제가 있나요?"

적어도 거짓말을 해서 곤란해질 상황이 되는 것은 피하려고 할 터입니다.

즉, 빈센트 씨에게 있어 그녀에게 호의를 보이는 것은 나쁠 게

179

없는 일일 테지요. 그가 만약 정말로 그녀에게 흥미도 뭣도 없었다면, 이미 옛날에 그녀와 그는 말을 나누지 않게 되었을 테지요.

달콤한 말의 뒤에 있는 진의를 계속 생각해본들 무엇이 될까요?

사랑을 하는 김에 바보가 되어버리면 되는 겁니다.

"뭐, 무슨 일이 있어도 거짓말을 할 수 없게 되는 마법을 걸어주길 바란다고 한다면, 협력해드리는 것도 불가능하지는 않습니다만──."

"어머, 정말인가요? 그럼 부탁해요! 마법! 마법을 걸어주세요!"

"하지만 뭔가를 의뢰하려면 돈을 내야겠죠? 괜찮은가요?"

"상관없어요! 얼마인가요? 참고로 나 돈은 꽤 갖고 있어요. 그게 대배우니까!"

지갑이 활짝 열린 그녀는 이어서 "자, 자, 멋진 마법의 대가를 지불하게 해주세요!"라고 말하는 것이었습니다.

저는 일단 명목 정도의 돈을 받고서.

"네. 그럼 마법을 겁니다."

하고 지팡이를 꺼냈고.

"에잇!"

하는 기합과 함께, 제 지팡이에서 마법이 날아갔습니다.

직후에 그녀의 머리 위에 뿅 하는 귀여운 소리와 함께 한 송이의 꽃이 피었습니다.

"이게 뭔가요?!"

그녀는 놀랐습니다.

저는 그런 마릴린 씨에게 의기양양한 표정을 지어 보였습니다.

"그건 어리석은 자의 꽃이라고 하는데, 그 꽃이 피어 있는 동안은 어떤 거짓말도 연기도 할 수 없게 된답니다. 그야말로 배우를 짓밟는 꽃이라고 할 수 있을 테죠."

즉, 그 꽃이 피어 있는 동안은 어떤 말도 진실.

고백한다면 지금밖에 없습니다 하고 저는 그녀의 등을 밀어드렸습니다.

"세상에! 이 얼마나 멋진지! 마녀님, 고마워요! 나, 이거라면 왠지 할 수 있을 것 같은 기분이 들어요!"

제 손을 잡고 획획 휘두르듯 뜨겁게 악수를 나눈 마릴린 씨는, 이어서 "쇠뿔도 단김에 빼랬어요!"라며 자리를 떠났습니다.

아마도 빈센트 씨인가 하는 사람에게 가는 걸 테지요.

"그것참, 정신없는 사람이네요……."

이런 이런 하고 어깨를 으쓱이며 저는 지팡이를 넣었습니다.

그런데, 저와 마릴린 씨의 일련의 대화라는 것은 주변에서 보아도 나름 눈에 띄었나 봅니다. 그녀가 떠나간 후에, 지금까지 저희의 동향을 지켜보고 있던 행인분이 말을 걸어왔으니까요.

"그것참, 대단하네. 마녀는 그런 것도 할 수 있는 건가……?"

연기하지 못하게 되는 마법이라니 꽤 무서운 마법인걸, 하고 행인 남성이 신기하다는 듯이 말했습니다.

저는 놀랐습니다.

이런 이런, 혹시 저는 배우가 적성에 맞는 것일까요?

"그런 마법은 안 걸었습니다."

애초에 거짓말을 못 하게 되는 마법 같은 건, 이런 자리에서 간

181

단히 냉큼 할 수 있는 게 아닙니다.

제가 지금 한 것은 그저 지팡이에서 마력을 내보내 머리 위쪽에 꽃을 피웠을 뿐.

그녀에게 있어 정말로 필요했던 것은 거짓말을 못 하게 되는 마법보다도, 앞으로 조금 더 빈센트 씨라는 사람과의 거리를 좁힐 수 있는 정도의 용기와 바보가 될 각오일 테지요.

뭐, 요컨대.

"방금 그건 **득이 되는 거짓말**입니다."

○

그다음 날 저는 묵고 있던 숙소에서 체크 아웃을 한 다음, 근처 찻집에서 아침 식사를 하고 신문을 읽으면서 멍하니 시간을 보내고 나라를 나가기로 했습니다.

원래부터 나라를 떠날 셈이었고, 일단 한바탕 관광도 했고, 게다가 이대로 체재하고 있다간 묘한 분과 얽히게 될지도 모르니까요.

"슬슬 가볼까요──."

자리에서 창밖을 올려다보았습니다. 햇볕은 마을의 거리를 두루 비추었고, 하늘은 푸르게 맑았습니다.

여행하기 좋은 날입니다.

저는 신문지를 내려놓고, 한숨을 내쉬었습니다.

이 나라는 화제라고 불릴 만한 것에 굶주려 있는지도 모릅니다.

신문의 한 면은, 어느 두 배우의 열애 보도로 장식되어 있었습니다.

지면에 따르면, 큰길 한가운데에서 뜨겁고 뜨거운 사랑 고백을 나눈 두 배우가 사귀게 되었다고 합니다. 대배우라고 불리는 인기 여배우와 생김새가 매우 단정한 남배우의 열애에, 지면상에도 축복의 말이 적혀 있었습니다.

그러나 말에 비해, 한 면에 큼직하게 인쇄된 그들의 표정은 경사스러운 분위기와는 상당히 거리가 있었습니다. 어딘가 웃긴 외모를 하고 있었던 것입니다.

머리 위에, 꽃이 피어 있었던 것입니다.

서로를 바라보는 두 사람의 머리 위에, 한 송이의 꽃이, 제각기 피어 있었던 것입니다.

그래서, 저는 웃고 말았습니다.

신문의 지면 위.

거기에는 어떤 거짓도 없이 놀란 표정이 있었으니까요.

○

"어라? 출국하십니까? 체재해주셔서 감사합니다!"

문에 도착하자 문지기 병사님이 척 하고 경례를 하며 맞아주었습니다.

저는 문지기 병사님을 따라 하듯이 마주 경례를 하면서, "저야말로 며칠간 감사했습니다" 하고 인사말을 한마디.

"좋은 말씀! 감사합니다!"

문지기 병사님은 그런 제 말을 액면 그대로 받아들이고 기뻐했습니다.

　그리고서 문지기 병사님은 종이와 펜을 준비하고, "그런데 마녀님. 우리나라에서는 현재 방문하신 분들께 앙케트를 받고 있습니다만, 혹시 괜찮다면 몇 가지 질문에 답해주시겠습니까?" 하고 묻는 것이었습니다.

　"네에."

　뭐 딱히 서둘러야 할 이유도 없으니 괜찮습니다만.

　그렇게 저는 고개를 끄덕였습니다.

　"고맙습니다!"

　그는 이어서 나라에 들어오기 전의 인상, 나라에 들어온 후 인상의 변화. 나라 사람들은 친절하게 대해주었는지. 나라의 치안은 어땠는지. 인상에 남은 일은 무엇인지. 뭔가 나쁜 사람이 시비를 걸지는 않았는지―― 온갖 것들을 물었습니다.

　상당히 세세하게 묻는지라 저는 솔직하게 질문 하나하나에 답하면서도, "어째서 그런 걸 묻는 건가요?" 하고 물었습니다.

　문지기 병사님은 조금 곤란한 듯한 표정을 지으면서도 사정을 이야기해주었습니다.

　이 나라는 원래 배우들이 자신의 연기를 갈고닦으며 생활하는 토양으로 이용되었다고 합니다. 일을 하면서 연기 연습을 하고, 그리고 연기 연습을 하면서 일을 한다. 그런 나라였다고 합니다.

　그런데 팔리지 않는 배우들뿐인 이 나라에서 배우로 대성할 수 있는 사람은 그리 많지 않았는지, 이윽고 배우들은 여행자와 상인을 상대로 사기 같은 수법으로 돈벌이를 하게 되었다고 합니다.

손쉽게 돈벌이를 하려고 했던 것일 테지요.

그러나 지금으로부터 십수 년 정도 전에 이러한 뻔뻔스러운 장사가 문제시되게 되었다고 합니다. 이 나라를 방문한 여행자와 상인은 서서히 서서히 수가 줄어들었고, 이윽고 마치 존재하지 않는 나라인 것처럼 관광객도 찾아오지 않게 되어버렸다고 합니다.

"우리는 과거의 행실을 반성합니다. 보러 와주는 관광객이 없으면, 우리 같은 배우 나부랭이를 스카우트해주는 사람도 오지 않는다. 주목받지 못하면 못할수록 우리의 존재는 구석으로 밀려날 뿐……"

"…………"

이윽고 이 나라 사람들은 설령 에둘러 가더라도, 더디더라도, 제대로 노력해서 연기를 갈고닦게 되었다고 합니다.

그리하여 지금처럼 타인의 평가를 신경 쓰는 이 나라가 만들어진 것일 테지요.

"마녀님, 이 나라는 어떠셨습니까?"

과거의 풍습이 아직 짙게 남은 이 나라에서는, 분명 아직 거짓과 진실의 경계가 모호합니다.

과연 제가 여기서 진심을 말한다고 해도, 그 말을 액면 그대로, 그저 인사치레가 아니라, 진심으로 받아들여 줄까요?

저는 그런 생각을 하면서.

거짓 없는 말을, 했습니다.

"멋진 나라였습니다."

뽕 하고.

저는 머리에 꽃을 피웠습니다.

그로부터 몇 개월 후의 이야기입니다.

제가 어느 레스토랑에서 여행자에게 언뜻 들은 이야기입니다만, 최근 머리에 이상한 꽃을 단 주민들만 있는 이상한 나라가 있다고 합니다.

거짓말 같은 이야기지만, 이게 정말로 실재하는 나라라니까 ──라고, 여행자는 지도를 가리켰습니다.

그곳은, 제가 몇 개월 전에 방문했던 나라.

과거 이야기의 나라라고 불렸던 나라였습니다.

©Azure

제 7 장

달빛의 나라 이힐리어스

초가을의 시원한 밤의 일입니다.

그날, 나라에 있던 모든 사람이 하늘을 올려다보았습니다.

아이도 어른도, 신분도 성별도 관계없이. 모두가 똑같이, 평등하게, 밤 같지 않은 눈부신 하늘을 올려다보았습니다.

밤길을 걷던 사람은 멈춰서고, 방에 있던 사람은 창문을 열고, 사람들은 하나같이 감탄의 한숨을 내쉬었습니다.

달이 뜬 어둡고 어두운 하늘에.

금색으로 빛나는 작은 빛의 알갱이들이, 끊임없이, 천천히 마을로 쏟아져 내리고 있었던 것입니다.

아주 환상적인 밤이었습니다.

아주 아주 눈부신 밤이었습니다.

잠들 수 없을 만큼.

잊을 수 없을 만큼.

○

"흐아암……."

문 앞에서.

빗자루에서 천천히 내려서면서, 한심한 목소리가 속 깊은 곳에서 새어 나왔고, 칠칠치 못한 얼굴로 하품을 하는 한 여행자가 있

189

었습니다.

머리카락은 잿빛, 눈동자는 유리색. 몸에 걸친 것은 검은 로브와 삼각 모자. 가슴께에는 별을 본뜬 브로치가 하나.

그녀는 여행자이자, 마녀였습니다.

"흐아아아아암……."

그리고 밤새 나라에서 나라를 건너온 탓에 졸렸습니다. 하품이 멈추지 않습니다.

"달빛의 이힐리어스에 오신 것을 환영합니다."

"감사합니다…………."

그나저나 이 수면욕에 완전히 백기를 들고 있는 한심한 마녀는 대체 누구일까요?

그렇습니다. 저입니다.

졸려…….

"마녀님은 우리나라에 관해 알고 계십니까?"

"이름 정도라면……."

여행자들이 모이는 레스토랑에서 들은 적이 있습니다. 글쎄 "졸릴 때 가면 아주 재미있는 일이 일어나니까, 꼭 가보는 것이 좋다"라고 했고, 자세한 건 모르지만 소문을 믿고서 이렇게 일부러 밤을 새우고 찾아와 본 것입니다.

과연 대체 어떤 재미있는 일과 마주하…… 졸려…….

"입국에 앞서 먼저 설명을 드려야 하는데…… 괜찮으십니까? 마녀님."

"괜찮습니다…… 흠냐……."

뭔가 이렇게…… 놀랄 일이라도 일어나 주면 잠기운도 사라질 거라고 생각합니다만…….

"그럼 우선 첫째로, 마녀님. 지갑의 돈을 전부 맡겨주시겠습니까?"

"……? 어째서죠……?"

"이 나라에는 통화가 없습니다."

"네?"

응? 지금 뭐라고?

잠기운이 순식간에 날아가 버렸습니다만?

"이 나라에서는 통화 대신에 시간을 주고받고 있습니다──."

문지기 병사님은 이어서 이 달빛의 이힐리어스에 관해 자세히 이야기해주었습니다.

"…………"

특수한 나라의 특수한 이야기를 들으면서 저는 문 너머로 시선을 돌렸습니다.

금색 결정 덩어리를 내건 성이 하나, 서 있었습니다.

○

"아가씨, 어서 와. 빵 하나? 고마워. 그럼 한 시간이야."

가로수가 늘어선 큰길가에 정렬해 있는 희고 아름다운 건물이 오가는 사람들을 내려다보고 있었습니다. 점심시간이기도 해서인지 거리에서는 다양한 사람들의 모습을 볼 수 있었습니다.

장을 보고 있는 사람. 찻집에서 독서하는 사람. 벤치에서 느긋하게 쉬고 있는 사람. 길을 오가는 사람들에게 요리를 제공하는 사람.

그리고 노점에서 빵을 사는 여행자인 저.

"돈은 어떻게 내면 되는 거가요?"

저는 노점 아주머니를 향해 고개를 갸웃거려 보였습니다.

이 나라에는 통화가 없다고 말했던 문지기 병사님은, 제게 지갑 대신에 회중시계 같은 것을 쥐어주었습니다.

그것은 매우 기묘한 물건이었습니다.

문자판에는 8까지의 숫자만 새겨져 있었고, 시곗바늘은 하나뿐. 덮개에는 푸르스름한 돌과 금색 돌이 제각기 끼워져 있었고, 제 손안에서 빛나고 있었습니다.

이건 이 나라에서 통화 대신에 이용되는 결정(結晶) 시계라는 것인 모양이었습니다.

이 나라에서는 돈 대신에 시간으로 거래를 한다고 합니다.

"사용법을 잘 모르겠습니다만……"

입국 때 받기는 했지만, 도무지 사용법이 이해되지 않았습니다. 졸렸으니까 어쩔 수 없습니다.

"한 시간"이라고, 아주머니는 제 결정 시계를 가리키며 말했습니다.

"한 시간만큼, 시간을 돌려봐."

그 말대로 빙글 바늘을 돌리자, 작고 동그란 구슬이 하나 둥실 떠올랐습니다. 그리고 노점 아주머니가 자신의 결정 시계를 가까이 가져다 대자 구슬은 일렁일렁 흔들리면서 빨려 들어갔습니다.

그리고 아주머니의 결정 시계의 바늘이 한 시간 앞으로 움직였습니다.

말하길, 이걸로 거래는 성립이라고 합니다.

"오호, 상당히 기이한 구조로군요."

빵을 받아 들면서 결정 시계를 찬찬히 살펴보았습니다.

이 시계의 문자판에 새겨진 시간이 8까지밖에 없는 것은, 여덟 시간으로 단위가 달라지고, 하루분이 되기 때문인가 봅니다.

그러나 대체 어째서 이러한 기묘한 물건을 나라의 통화를 대신해 쓰고 있는 것일까요?

이 기묘한 나라의 내력에 저는 당연하게도 흥미를 가졌습니다.

이 나라에서 거래하는 것은 대체 **무얼 위한 시간**인 것일까요?

"——1년 전의 이야기입니다."

사람들이 바삐 오가는 큰길.

구석 쪽에서 작은 아이들이 모여, 땅바닥에 털썩 주저앉아 있었습니다. 보니 그 시선 끝에서는 한 남성이 인형극을 선보이고 있었습니다.

『결정 시계를 만든 호반의 마녀 이야기』

그러한 제목이 적힌 단상에서는 물빛 머리카락의 여성을 본뜬 인형이 실에 매달려 춤추고 있었습니다.

뭔지 잘 모르겠지만, 이 나라의 독자적인 인형극인가 봅니다.

흥미 깊군요.

저는 시치미 뗀 얼굴로 꼬맹이들 사이에 끼어들었습니다.

"모험과 발명이 취미인 마녀── 호반의 마녀 카롤리네 님은 어느 동굴에서, 신기한 결정을 발견했습니다."

동굴에 있던 결정은 두 개.

금색 결정과 푸르스름한 결정.

반짝반짝 빛나는 두 개의 결정이 단상에 나타났습니다.

"결정의 아름다움에 매료된 카롤리네 님은, 그 두 개를 나라로 가지고 돌아왔습니다."

그리고 인형극의 배경이 빙글 반전. 이 나라의 배경 안에서 눈부신 결정 두 개를 안아 든 인형이 흔들렸습니다.

"카롤리네 님이 발견한 이 결정에는, 특별한 힘이 깃들어 있었습니다. 금색 결정은 나무와 화초에서 흘러나오는 마력을 저장하고, 그리고 푸르스름한 결정은 가까이에 있는 자의 수마를 빼앗아 마력으로 바꾸는 힘을 갖고 있었던 것입니다."

단상의 인형이 눈부시게 빛나는 두 개의 결정을 들여다보았습니다. 아무래도 호반의 마녀님은 편리한 결정에 집착한 모양이었습니다.

"수마를 빼앗는 이 성질을 이용해서 생활을 풍요롭게 할 수 있지 않을까? 카롤리네 님은 그리 생각하시고, 두 개의 결정을 연구하셨습니다."

그러나 수마를 빼앗고 마력으로 바꾸는 성질은 편리하기는 했지만, 좋기만 한 것은 아니었나 봅니다.

푸르스름한 결정이 빼앗는 것은 수마뿐. 몸의 피로는 사라지지 않는 모양이었습니다.

극 도중, 단상 위에서 풀썩 카롤리네 님의 인형이 쓰러졌고, "아아, 큰일이야! 며칠이고 계속해서 일한 탓에 카롤리네 님이 쓰러지고 말았어! 하지만 잠들 수가 없어! 큰일이야!"라며 과장되게 연기하고 있었으니까요.

"그러나 여기서 카롤리네 님은 생각했습니다. 잠들지 못한다면 마법으로 잠들면 되잖아? 하고."

결국 잠을 자기 위해서 카롤리네 씨는 자신에게 마법을 걸어 억지로 자는 방법을 택한 모양이었습니다.

"그거 결정에서 멀어지면 해결되는 거 아닌가요?"

꼬맹이 하나가 "저요" 하고 손을 들고서 물었습니다.

"그렇구나. 하지만 카롤리네 님은 그런 쪽으로는 조금 부족했단다."

남성은 고개를 들지 않고 정중한 말투로 잘 이해되지 않는 말을 했습니다.

"그건 즉, 카롤리네 씨가 바보였다는 건가요?"

꼬맹이 하나가 다시 물었습니다. 그러나 자세히 보니 그건 꼬맹이들 사이에 섞여 앉은 잿빛 머리카락의 성인 여성이었습니다.

"아, 네. 그렇습니다."

남성은 존댓말을 쓰기 시작했습니다.

그리고 얼마 지나지 않아 카롤리네 씨의 연구는 성과를 올리기 시작했습니다.

푸르스름한 결정이 가진 수마를 마력으로 바꾸는 성질과 금색 결정이 가진 마력을 저장하는 성질. 그리고 그녀 자신이 가지고 있던 수면 마법. 그 세 가지를 조합해서 카롤리네 씨는 결정 시계를 만들어냈던 것입니다.

한 시간 자고 싶을 때는 한 시간분 만큼만 시계를 되감고, 여덟 시간 자고 싶을 때는 같은 방법으로 여덟 시간분의 수면 마법에 걸려서 잠듭니다.

한 번 잠들어버리면 푸르스름한 결정이 아무리 잠을 마력으로 변환한다고 해도 결정 시계가 수면 마법을 계속 걸고 있기 때문에, 시간이 될 때까지는 깨어나는 일이 없고, 그리고 끊임없이 마력이 몸에서 돌기 때문에 피로가 엄청난 기세로 풀린다든가 안 풀린다든가.

단상 위의 인형을 조종하면서 남성은 그런 수상쩍은 이야기를 했습니다.

"완성된 결정 시계를 국왕님께 헌상하자 국왕님은 매우 기뻐하셨습니다."

카롤리네 씨 옆에 슬쩍 나타난 것은 수염이 덥수룩한 인형.

덥수룩한 수염 인형은 카롤리네 씨의 손에 있는 결정 시계를 들여다보며 기뻐 뛰어올랐습니다.

그리고 국왕님도 또한, 이 재미있으면서도 조금 수상한 결정의 포로가 된 모양이었습니다. 그는 이 결정 시계를 통화 대신에 사용할 수 없을지 제안했다나요.

카롤리네 씨는 국왕님의 제안에 고개를 끄덕이고, 그리고 결정 시계를 개량했습니다.

"그리하여 완성된 것이, 지금 우리가 갖고 있는 이 결정 시계입니다."

남성은 자신의 주머니에서 회중시계──같은 것을 꺼냈습니다.

푸르스름한 결정과 금색 결정이 박힌 덮개를 열자, 시계가 드러났습니다. 문자판에 새겨진 숫자는 1부터 8까지. 시간을 나타내는 바늘은 하나밖에 없었고, 정점을 가리킨 채 움직이지 않았습니다. 문자판에는 작은 창이 열려 있습니다. 대부분의 시계는 이런 작은 창에 날짜가 표시됩니다만, 결정 시계라는 것에는 『42』라는 숫자가 새겨져 있었습니다.

언뜻 참신하게 망가진 시계로만 보였습니다만, 이 숫자는 아무래도 잠을 잘 수 있는 남은 날 수를 표시하고 있는 모양입니다.

"아 나라에서 수면이란 통화를 대신하는 소중한 것. 우리가 안심하고 살 수 있는 것도, 카롤리네 님 덕분인 것입니다."

그리고 장면이 바뀌고 아름다운 꽃에 둘러싸인 관에 카롤리네 씨 인형이 눕혀졌습니다.

"결정 시계라는 멋진 발명품을 만들어내서 어마어마한 부를 얻은 카롤리네 씨는 그 후, 결정 시계에 의해 이 나라가 훌륭하고 눈부시게 발전했을 때 되살아난다는 말을 남기고, 긴 잠에 들었습니다."

그렇게 그녀는 1년 동안, 계속해서 잠들어 있다고 합니다.

············.

아니 아니 아니 아니.

"저요, 저요. 1년이나 자면 몸이 썩지 않나요?"

꼬맹이 하나가 다시 손을 들었습니다.

남성은 주저주저하며 고개를 든 다음 꼬맹이들 사이에 태연하게 섞여 앉아 있는 성인 여성을 보고 얼굴을 찡그렸습니다.

"이건 옛날이야기니까 상식을 요구하며 지적을 해도 곤란합니다…….."

"옛날이야기라고 하기에는 시대가 너무 가까운 것 같습니다만."

"그리고 이건 어린이용 인형극이니까 어른이 지적을 해도 곤란합니다…….."

"저 이래 봬도 아직 어린이입니다."

"어린이라고 부르기에는 너무 큰 것 같습니다만."

"잘 자는 아이입니다."

뭐, 아무래도 어린이용으로 다소의 각색은 되어 있을 테지요.

카롤리네 씨가 그 후 실제로는 어찌 되었는지는 모르지만——혹시 이미 돌아가신 걸까요?

"이렇게 해서 카롤리네 님에게 훌륭하고 눈부시게 발전한 우리나라를 보여드리기 위해서 국왕님은 결정 시계를 이용해 나라를 다스리고 있는 것입니다."

그러니 여러분도 깨끗하고 바르게 살아야만 한다고 남성은 말했고.

그리고 아이들이 일어나 일제히 박수를 쳤습니다.

"…………?"

일어나서 박수를 친 아이들의 눈은 멍하니 단상을 바라보고 있었습니다. 두 개의 결정과 함께 수염 덥수룩한 고귀한 남성이 단상에서 춤추고 있었습니다.

나라를 바꿔버릴 정도의 물건을 만든 직후에 긴 잠에 빠진 카롤리네 씨와 지금 이 나라를 지배하고 있는 국왕님.

그 관계성에서는, 어딘가 뒤가 구린 배경을 느끼게 되고 마는군요.

"카롤리네 님은 1년 전부터 잠들어 있어. 그건 사실이야."

그리고 찾아간 숙소에서.

가게 주인에게 도중에 본 것을 이야기하자, 그는 태연하게 그런 말을 했습니다.

"진심입니까?"

사람이 1년 동안이나 자다니 이상하다고 생각하지 않습니까?

"그렇게 배웠으니까."

도저히 농담을 하는 것처럼은 보이지 않았습니다.

그러나 실례라고는 생각하지만, 딱히 사리를 분별해서 이야기하는 것으로는 보이지 않습니다.

이 나라 사람들은 평범하게 대화는 성립했지만, 그러나 어느 분이나 기묘한 눈을 하고 있었습니다. 멍하고, 어디를 보고 있는지 잘 알 수 없는, 검은 눈동자를 하고 있었습니다. 마치 수면 부족인 것처럼.

"…………."

가게 주인은 제게서 하루 숙박 대금으로 수면시간 이틀—— 둥실둥실한 커다란 구슬을 두 개를, 제 결정 시계에서 빨아들였습니다.

"하지만 1년 전부터 국왕님은 그녀가 돌아오기를 줄곧 기다리고 있어. 그녀가 돌아왔을 때 훌륭한 나라라는 말을 듣기 위해서, 국왕님은 우리나라를 통치하고 계시지."

그것은 상당히 훌륭한 마음가짐이라고 생각됩니다만.

"국왕님에게 카롤리네 씨는 뭐였을까요?"

아무리 나라를 바꿀 정도의 발명을 했다고는 해도, 한 명의 마녀에게 좀 지나치게 집착하고 있는 것처럼 여겨집니다만.

"첫사랑 상대야."

"어머나."

저는 손안에 있는 결정 시계를 탁 닫으면서 가게 주인에게 방 열쇠를 건네받았습니다.

편하게 지내라는 말을 들으면서, 저는 준비된 방으로 향했습니다.

"하지만 이상한 기분이네요……."

방에 도착하자마자 짐을 내려놓고, 저는 잠시 딱딱한 침대에 누워 천장을 바라보았습니다.

밤새 빗자루로 계속 날아온 탓에 마력 소모와 피로감이 몸에 엉겨 붙어 있었습니다. 몸이 무겁고 나른해서 침대에 가라앉습니다. 더는 움직이고 싶지 않습니다.

원래대로라면 이 시점에서 저는 참을 수 없이 졸릴 터였습니다. 밤을 새웠으니까요.

"……전혀 졸리지 않아."

그러나 제 눈꺼풀은 활짝 열려서 천장을 바라본 채.

이 나라를 관광하는 동안에도 그랬지만, 시험 삼아 눈꺼풀을 감아도 잠드는 일은 없었습니다. 그저 눈앞이 어두워질 뿐입니다.

이제 그만 자고 싶다며 떼를 쓰는 제 몸과 달리 의식은 잠에서 멀리 떨어진 곳에 있었습니다. 마치 몸이 제 것이 아닌 것만 같군요.

"시험 삼아 써볼까요."

저는 결정 시계의 바늘을 세 시간 정도 돌려보았습니다.

작고 동그란 구슬이 세 개, 둥실 떠올랐습니다. 손바닥으로 옮겨보니 동그란 구슬은 어중간하게 뜬 채로 둥실둥실 손 위에서 춤추고 있었습니다.

숙소 주인이 말하길, 이 나라에서는 결정 시계에서 꺼낸 시간만큼 잘 수 있고, 바꿔 말하자면 그 이상은 절대 잘 수 없다는 뜻이기도 하며, 뭐 요컨대 지각 변명에 늦잠을 쓸 수 없는 나라, 라는 것이로군요.

저는 작고 동그란 구슬을 세 개, 삼켰습니다.

직후에 결정 시계가 찰칵하고 소리를 내더니, 다디단 꽃향기가 감돌기 시작했습니다. 이 향기가 바로 수면 마법인가 봅니다. 서서히 제 몸은 무겁게, 침대로 가라앉아 갔습니다.

가게 주인이 말하길, 어깨를 만지거나 말을 걸거나 그러한 외부에서의 자극이 없는 한 정해진 시간까지 절대 깨는 일은 없다고 합니다.

저는 시계를 보았습니다.

그로부터 세 시간 후는 저녁.

눈을 떴을 때는 어떤 세계가 기다리고 있을까요?

○

꿈을 꿨습니다.

이 나라 중앙에 자리한 왕성. 그 지하.

수많은 꽃이 핀 방 중앙에 커다란 관이 놓여 있었습니다.

열면, 하얀 로브를 차려입은 물색의 짧은 머리카락을 가진 여성이 기도하듯이 손을 맞잡고 잠들어 있었습니다. 너무나도 아름다운 얼굴에, 마치 빨려들듯이 저는 그녀의 얼굴을 들여다보았습니다.

"──기다렸어."

직후.

에메랄드 그린의 눈동자가 저를 바라보았습니다.

잠들어 있었을 터인 그녀는 눈을 뜨고, 몸을 일으키고, 그리고 대담하게 웃는 것이었습니다.

"──당신 같은 사람이 오기를, 기다렸어."

그리고 그녀는 자신의 이마와 제 이마를 맞댔습니다.

"…………."

──라는 것이, 확실하게 정해진 세 시간의 수면 중에 꾼 꿈이었습니다.

반짝 눈을 뜨고 창밖으로 시선을 돌리자, 이미 어둠 속.

하루가 끝을 맞이하려 하고 있었습니다. 어쩐지 아까운 짓을 한 듯한 기분이 들었습니다.

"……오오."

일어난 직후에 저는 제 몸의 이변을 느꼈습니다.

몸이 이상하다고도 여겨질 만큼 가벼웠던 것입니다.

온몸에 힘이 넘쳐났습니다. 지금이라면 어떠한 마법이라도 간단히 날릴 수 있을 것만 같은 기분이 들었습니다.

밤새워 날아오느라 잃었던 마력과 육체적 피로가, 단 세 시간의 수면으로 전부 모조리 회복하는 일은 일단 있을 수 없습니다.

그럼에도 몸은 피로를 잊고 말았던 것입니다.

몸이 이상할 정도로 기운 넘쳤습니다. 이것이 바로 결정 시계를 사용해서 잔 효과이겠습니다만──.

"대단하네요……."

남아도는 기운을 써서 으라차 하고 침대에서 벌떡 일어나는 저.

『후후후. 그렇지, 그렇지. 그게 바로 내 결정 시계의 힘이라고.』

그러자 침대 옆에서 벽에 기대어 잘난 듯이 팔짱을 낀 여성이 『부끄럽네』하고 뽐내는 표정을 지었습니다.

"…………."

저는 눈을 비볐습니다.

『갑자기 놀라게 해서 미안해. 내 이름은 카롤리네. 네가 가진 그 결정 시계의 설계자야.』

여성은 담담하게 자기소개를 시작했습니다.

저는 자신의 뺨을 찰싹찰싹 때렸습니다.

『어이 어이, 내 존재를 의심하는 거야? 나는 확실하게 현실의 존재라고.』

어이없어하면서 그녀는 말했습니다. 이런이런 하고 어깨를 으쓱였습니다.

그런데 그녀의 몸 뒤쪽 벽이 비쳐 보입니다만?

『으응? 뭘 갑자기 노려보는 거야? 해보자는 거야? 어이.』

슉슉 하고 저를 향해서 주먹을 내지르는 카롤리네 씨인지 뭔지. 그녀의 주먹은 제 이마를 그대로 통과했습니다.

그녀는 제게 닿지 못했고, 저도 역시 그녀에게 닿을 수 없었습니다.

아무래도 그녀는 실체가 없는 존재인 모양입니다.

"…………."

갑작스러운 전개에 제 머리는 혼란에 빠졌습니다.

"……뭔가요? 결정 시계를 쓰면 이상한 환각이라도 보게 되는 겁니까……?"

『음. 좋은 착안점이야. 네가 의문으로 여긴 대로, 내 결정 시계를 쓰면 크든 작든 다양한 이변이 일어나지. 대부분의 인간은 눈치채지 못하지만 말이야. 하지만 너 같은 강한 마력을 가진 인간이 쓰면, 이변을 자각하는 것이 가능하거든. 그리고 나는 환각이 아냐. 얕보지 마.』

어이, 어이, 하고 이번에는 제 얼굴 근처를 노리고 손바닥을 휘두르는 그녀.

역시 헛손질. 가을의 서늘한 밤바람만이 제 목덜미를 간질였습니다.

"환각이 아니면 뭡니까……?"

『꿈……이려나?』

그건 이미 환각이라고 해도 지장이 없지 않은가요?

그래서 꿈의 카롤리네 씨가 제게 대체 무슨 용건일까요.

『그런데 너, 지금부터 시간 돼? 데이트하지 않을래?』

엄지로 창밖을 가리키며 그녀는 말했습니다.

"…………."

저는 창밖을 보았습니다. 이제 곧 밤이 됩니다.

데이트입니까.

……싫은데.

『어이 싫은 얼굴 하지 말라고. 날려버린다.』

으라차, 으라차, 하고 그녀는 제 무릎 주변을 노리고 발차기를
날렸습니다. 그러나 여전히 반투명한 그녀의 공격은 전부 모조리
저를 통과했습니다.

"…………."

『어이 어이, 무시냐? 네가 나를 무시하는 한 영원히 눈앞에서
계속 촐랑댈 거라고. 괜찮겠어? 어엉?』

그건 좀 짜증 나네요…….

"참고로 거절하면 어떻게 되나요?"

『그야 뻔하잖아. 계속 나온다.』

어쩌면 이때의 저는 자다 깬 탓에 정상적인 판단력이 전혀 작
동하지 않았던 것인지도 모릅니다.

갑자기 방에 나타난 여성의 권유에 쉽사리 고개를 끄덕이고,
비척비척 숙소를 나가다니, 평소의 저라면 절대로 있을 수

없…… 아니…… 의외로 그렇지도 않은 듯한……?

뭐 됐습니다.

아무튼 저는 그녀의 권유에 수긍으로 답했습니다.

『오옷. 뭐야. 너, 괜찮은데. 얘기가 통하잖아. 고분고분한 아이는 좋아해. 역시 너는 내가 기대했던 대로의 마녀야.』

사실, 저는, 그녀의 존재가 매우 몹시 궁금했던 것입니다.

물빛 쇼트커트.

몸에 걸친 것은 하얀 로브.

저를 바라보는 것은 에메랄드 그린의 눈동자.

그 모습은 꿈에서 보았던 여성과 똑같았던 것입니다.

마치 낮에 보았던 인형극의 내용을 그대로 따라 한 것처럼.

해가 저물기 시작하자, 마을이 활기를 띠었습니다.

큰길은 텅 빈 눈을 한 사람들로 넘쳐났고, 시험 삼아 근처 레스토랑으로 가보니 거의 만석. 점원분들이 이쪽저쪽을 바쁘게 걸어다니는 중에, 예쁜 차림을 한 어른들이 술과 요리에 빠져 있었습니다.

"그래서, 당신은 대체 뭡니까? 어디서 온 겁니까? 아니, 그보다 무슨 목적으로 저에게 접촉해 온 겁니까? 그리고 어째서 1년 동안이나 모습을 감춘 겁니까?"

물과 요리는 제 앞에만 놓였습니다. 아무래도 반투명한 그녀의 존재는 저에게만 인식되는 모양입니다.

즉, 옆에서 보면 저는 맞은편 자리에 말을 걸고 있는 이상한 여자라는 겁니다.

하지만 뭐, 제 존재가 이상하게 눈에 띄는 일은 없을 테지요.

"하하하하하! 하핫!" "히이, 히이…… 아, 안 돼…… 너무 웃어서 이상해질 것 같아!" 주변을 둘러보면 웃음소리가 여기저기서 터져 나오고 있었습니다.

술에 취해서 모든 것이 재미있어지고 만 것일 테지요.

기계 안에서는 대화와 웃음소리가 난무했습니다.

어떤 자리에서는 포크를 떨어뜨린 것만으로 배를 잡을 정도로 웃는 분들이 있거나.

어떤 자리에서는 "우에!" 하는 의미 불명의 울음소리를 내는 남자도 있거나.

어떤 자리에서는 "왠지 나, 너무 많이 마셔버렸어……" "그렇구나. 괜찮아? 집에 갈 수 있겠어?" "집에 가고 싶지 않은 기분……" "아니 기분은 묻지 않았는데" "외박하고 싶은데" "아, 이 근처에 숙소가 있어. 데려다줄까?" "나 누군가와 함께가 아니면 못 자" "그렇구나. 용케 지금까지 살아왔네" 같은 약간 맞물리지 않는 대화를 펼치고 있는 남녀가 있거나.

주변 좌석에 신경을 쓰고 있는 사람 같은 건, 계속해서 돌아다니며 요리를 나르는 점원분들 이외에는 없었습니다.

『내가 뭐냐고? 아까 말했잖아. 나는 꿈과 같은 것이라고.』

"조금 더 구체적으로 부탁드립니다."

『반투명한 녀석에게 구체성을 요구하지 말라고.』

"일단 뒤가 다 비쳐 보이고 있으니 유령 같은 존재라는 인식이면 되겠습니까?"

『유령이라는 건 어폐가 있는데. 나는 제대로 본체가 있는데, 아직 잠들어 있어. 그래서 유령이라기보다는 생령으로——.』

"귀찮으니까 유령이라는 걸로 해두겠습니다."

어수선한 상태의 가게 안이니, 반투명한 잘 모를 존재와 대화를 나누는 마녀가 있다고 해도 눈에 띄지는 않을 테지요.

"어이……! 저기 좀 봐!" "왜 그래?" "마녀 아이가 혼자서 얘기하고 있어…… 맞은편 자리에 아무도 없는데……." "뭐? 우와! 진짜네……." "살짝 자기만의 세상에 사는 아이는 좋구나……." "뭔지 알아……."

…………

눈에 띄는 일은 없다, 고 생각하고 싶습니다만…….

『그런데 나는 아직 네 이름을 듣지 못했는데, 뭐라고 부르면 되지? ……뭔가 너, 얼굴이 빨간데? 왜 그래?』

"아무것도 아닙니다……."

저는 거기서 자신의 이름을 밝히고, 여행자라는 것과 그리고 특수한 성질의 이 나라에 흥미를 갖고 찾아왔다는 것을 밝혔습니다.

결정 시계라는 이 나라의 독자적인 도구에 관해서도 매우 흥미와 관심이 있다는 것도 밝혔습니다.

『앗? 진짜? 그렇게나 대단해? 헤헤헤…… 새삼스럽게 그런 말을 들으니까 쑥스럽네…….』

결정 시계를 만든 장본인을 자칭하는 반투명한 카롤리네 씨는 에헤헤 하고 수줍어했습니다.

"이거, 어떻게 만든 겁니까?"

『헤헤, 그런 걸 말할 수 있을 리 없잖아. 너 날려버린다.』

웃으면서 화내고 있어…….

"참고로 이 결정 시계는 어떤 효과가 있는 겁니까? 저는 여전히 당신과 대화를 할 수 있는 구조가 잘 이해되지 않습니다만."

꿈속에서 그녀의 모습을 보고, 잠에서 깨니 거기에 그녀가 있 있고, 어떻게 된 것인지 반투명. 본인이 살아 있는 건지 죽은 건지조차 잘 모르겠습니다.

솔직히 말해서 의미를 모르겠습니다.

『나와 네가 대화할 수 있는 이유는 여러 가지 있는데, 뭐 간결하게 말하자면 나도 너도 강한 힘을 가진 마녀니까, 라는 이유가 크려나.』

어라라.

"강한 힘을 가진 마녀라니 쑥스럽네요. 후후후후후."

『우와아, 갑자기 웃기 시작했어. 너 기분 나쁜걸.』

히익 하고 노골적으로 얼굴을 찌푸리는 카롤리네 씨. 당신이 할 말입니까?

"어이, 저기 좀 봐. 저 애 혼자서 웃고 있어……." "진짜네." "자기만의 세상에 사는 아이는 좋구나……." "아니, 혼자서 웃고 있으면 이제 평범하게 그저 위험한 녀석이지." "어째서 갑자기 정론을 말하는 거야?"

…………

『시끄러운 곳에는 시끄럽게 떠들고 싶은 녀석이 오는 것과 마

209

찬가지야. 강한 마력을 가진 네 곁에 내가 나타난 것도 또한 필연이지.』

카롤리네 씨는 말했습니다.

『내 결정 시계는 특별한 물건이지만, 반투명한 인간과 수다를 떨 수 있는 기능 같은 건 없어. 너도 이 나라에 와서 결정 시계의 기능은 배웠지?』

"자는 시간을 설정할 수 있죠."

『맞아. 덕분에 이 나라의 밤은 활기가 넘치게 되었지.』

그녀는 가게 안을 둘러보았습니다.

시끄러운 사람. 이야기하는 사람. 조용히 마시는 사람. 다양한 사람이 이 나라의 밤 시간을 즐겼습니다.

이 나라는 이제 밤을 새우는 것을 신경 쓸 필요가 없는 겁니다. 내일 일을 하든 무얼 하든, 세 시간 정도 자고 나면 몸의 피로는 사라지고, 그리고 늦잠을 자는 일도 절대 없으니까요.

『이 가게도 예전보다 영업시간을 늘린 모양이야. 마을 주민이 밤늦게까지 깨어 있게 되었기 때문이겠지. 지금은 해가 뜰 무렵까지 영업하고 있나 봐.』

즉, 그녀의 결정 시계가 이 마을의 밤에 자유를 가져다주었다는 것일 테지요.

가게 안을 바라보는 그녀의 시선을 좇듯이, 저도 주변을 둘러보았습니다. 분명 모두가 즐거워 보였습니다. 마치 내일이 휴일인 것처럼

그들에게 있어 이 나라의 밤은 마치 꿈과 같은 멋진 것일 테지요.

"…………."

하지만 제 눈에 비친 것은, 그들 사이를 바쁘게 지나가는 가게 점원분들이었습니다.

자유를 누리는 인간이 있다는 것은, 동시에 그것을 제공하는 인간이 있다는 뜻이기도 합니다. 이 가게의 영업시간이 늘어났다는 것은 동시에 이 가게에서 일하는 사람들의 부담이 늘었다는 뜻입니다.

이 나라의 밤에 자유가 찾아온 것은, 과연 기뻐할 만한 일일까요? 아니면 개탄해야 할 일일까요?

『그러고 보니 너는 재미있는 걸 기대하고 이 나라에 왔다고 하던데, 이 광경은 어떠려나?』

기대를 담은 눈빛이 제게 쏟아졌습니다.

저는 그저 고개를 저었습니다.

"저는 조용한 곳 쪽을 좋아합니다."

밤이 깊었을 무렵

달빛의 이힐리어스의 밤은 매우 화려해졌습니다.

가로등이 거리를 금색 불빛으로 물들였습니다. 길에 면해 늘어선 건물부터 돌바닥, 그리고 불빛을 받은 가로수에 이르기까지 모든 것이 금색에 감싸여 있었습니다.

가을바람이 사락사락 나무들을 흔들자, 눈부시게 빛나면서 빛가루처럼 팔랑팔랑 나뭇잎이 밤 속으로 사라져 갔습니다.

카롤리네 씨가 말하길, 거리를 비추는 가로등은 전부 금색 결정에서 힘을 얻고 있다고 합니다.

『너, 오늘 일어났을 때 평소보다 기운이 넘치지 않았어?』

그녀는 제게 물으면서 거리 저편을 가리켰습니다.

그곳에 있는 것은 나라의 중앙, 왕성.

그 정점에서 빛나는 황금의 빛이었습니다.

『저기서 빛나는 게 이 나라에서 가장 커다란 결정석이야. 저게 나라에 마력을 가져다주고 있는데, 그 덕분에 내 결정 시계도 정상적으로 기능할 수 있고, 너 같은 마법사도 평소 이상으로 힘을 발휘할 수 있는 거지.』

마을 중앙의 왕성에 놓여 있는 것.

이 결정석은 늘 마력을 내뿜고 있기 때문에, 마법사들은 매우 강력한 마법을 쓸 수 있게 된다고 합니다.

『그리고 이 나라가 마력으로 가득하기 때문에, 이 나라의 밤은 이렇게나 아름답지.』

나라에 가득한 마력의 은혜를 받고 있는 것은 저희 같은 마법사만이 아니었습니다.

저는 주변을 둘러보았습니다.

"…………."

가로수가 있는 이 길은 데이트 장소로 자주 이용되는가 봅니다.

둘러보면 주변은 황금의 풍경에 둘러싸였고, 조용히 그 정경을 즐기는 사람들의 모습이 있었습니다.

어떤 연인들은 손을 잡고 가로수에 둘러싸이고.

어떤 부부는 벤치에서 나무와 하늘을 올려다보고.

어떤 가족은 반짝이는 나무들 사이에서 놀고 있었습니다.

나지막한 웃음소리가 때때로 바람과 함께 흘러왔습니다.

여기는 매우 조용한 곳이었습니다.

"여기라면 조금 전보다는 눈에 안 띄겠네요."

『뭐, 다른 의미에서 붕 떠 있지만.』

저는 그녀의 몸을 향해 힘껏 팔을 휘둘렀습니다.

그러나 헛손질.

"몸이 반투명해서 다행인 줄 아세요."

『엄청나게 화내잖아…….』

히익 하고 얼굴을 찌푸리는 그녀에게 탄식으로 답하면서 저는 걸었습니다. 이 나라의 정경은 마치 아름다운 것을 모아서 장식해놓은 것처럼 환상적이었습니다.

모든 사람이 이 풍경을 여유롭게 보는 것이 가능했다면, 얼마나 멋질까요.

이 나라에 사는 사람 중 어느 정도의 사람이 이 풍경 속을 걸을 수 있을까요.

『1년이야.』

제 옆을 걷는 그녀는, 중얼거렸습니다.

『내가 이 나라에 결정 시계를 가져다준 지, 이럭저럭 1년의 세월이 흘렀어.』

"1년 전은 어떤 나라였나요?"

『평범한 나라였어.』

평일에 일을 하고, 날짜가 바뀌기 전에 잠들고, 다음 날 아침부터 일을 하고, 그런 생활을 계속 보내고, 휴일이 되면 남은 시간을 신경 쓰고 갑갑해하면서 모두 일제히 자유를 즐긴다.

그런 흔하고 평범한 나라였다고, 그녀는 말했습니다.

"지금은 그런 분위기가 전혀 없군요."

『이 나라는 크게 변했으니까. 풍경도, 사람도, 그 무엇도.』

카롤리네 씨가 만들어낸 결정 시계는 사람들을 시간에서 해방했던 것입니다.

세 시간 정도 자면 피곤은 사라집니다. 낮 시간도 자유롭게 쓸 수 있습니다. 밤늦게까지 일어나 있어도 전혀 신경 쓸 필요가 없습니다.

『이 나라의 밤은 자유야. 결정석이 있는 한, 줄곧.』

왕성의 정점에서 찬란하게 빛나는 결정석을 올려다보며 그녀는 멈춰 섰습니다.

저는 그녀보다 조금 늦게 걸음을 멈추고, 돌아보았습니다.

"…………."

그녀는 왕성을 눈부시다는 듯이 바라보았습니다.

여기에 이르러서 저는 문득 생각했습니다.

그러고 보니.

"당신이 저를 만나러 온 이유, 아직 듣지 못했네요."

──당신 같은 사람이 오기를, 기다렸어.

어째서인가요?

저게 무얼 바라고 있는 것일까요?

『네게 부탁하고 싶은 게 두 가지 있어.』

"뭔가요?"

『이뤄주겠어?』

"부탁 내용에 따라서요."

그러자 그녀는 저에게 다가왔고, 그리고, 아무도 들을 수 없는데도 주변을 신경 쓰면서, 몰래 말했습니다.

빛나는 왕성을 등지고서.

『――깨어나야만 해.』

――이 나라가 훌륭하고 눈부시게 발전했을 때 되살아난다.

낮에 들은 옛날이야기가 제 뇌리를 스쳐 갔습니다.

『나를 깨워줘.』

1년 동안 쭉 잠들어 있는 나를 깨워줘 하고 그녀는 말했습니다.

○

꿈에서 제가 보았던 대로.

그녀의 몸은 왕성 지하에서 잠들어 있는 모양이었습니다. 카롤리네 씨에게 길 안내를 받으며 저는 그대로 아장아장 걸었습니다.

"역시 경비가 엄중하네요……."

라고 말하면서 정문으로 정정당당하게 침입하는 저.

문 앞에는 경비병이 서 있었습니다만, 어려움 없이 그대로 통과했습니다. 문을 지나 성으로 들어오자, 현란한 성의 내부가 저를 맞이했습니다. 빛나는 샹들리에. 황금으로 물든 커다란 홀.

경비인 마법사들이 빗자루를 타고서 주변을 순회하고 있었습니다.

"우와, 대단하네요…….."

가능하다면 관광하러 와보고 싶은 바입니다만.

그러나 오늘은 불법 침입으로 입성했으니, 느긋하게 탐색할 수도 없습니다.

"어디로 가야 하나요?"

저는 카롤리네 씨를 올려다보면서 물었습니다.

『오른쪽으로 가면 계단이 있으니까 내려가 봐. 지하실이 있으니까.』

"알았습니다."

저는 다시 아장아장 걷기 시작했습니다.

그리고.

"……? 누구냐!"

계단 앞에서 순회하던 마법사 중 한 명이 제 모습을 포착했습니다. 빗자루는 즉시 제 옆까지 날아왔습니다.

"야옹."

저는 그림자 속으로 숨으면서 시치미를 떼는 얼굴로 귀여운 소리를 냈습니다.

"음. 뭐야. 고양이인가…….."

남성은 제 모습을 힐끗 확인하더니, 가버렸습니다.

"…………."

지금의 저는 잿빛 털을 가진 고양이 모습을 하고 있었습니다.

『왕성 경비가 삼엄해? 괜찮다니까! 고양이로 변신하면 여유롭게 침입 가능하니까!』

같은 조잡한 데도 정도가 있는 작전을 생각한 장본인인 카롤리네 씨는 마법사의 모습이 보이지 않게 되자, 『맞지? 잘됐지?』하고 의기양양한 표정을 짓고 있었습니다.

"……정문으로 정정당당하게 침입해 온 수상한 고양이를 『뭐야. 고양이인가』 한마디로 넘겨버려도 되는 겁니까?"

이 나라 괜찮은 겁니까.

『녀석들은 사고력이 현저히 낮으니까. 겉모습이 인간이 아니면 식은 죽 먹기야.』

자신만만하게 말하는 카롤리네 씨.

그리고서 저는 그녀에게 안내받은 대로 왕성 지하로 나아갔습니다. 순회하는 병사들에게 들키지 않도록 살금살금, 마치 꿈의 내용을 따라 한 듯이. 지하 풍경은 기시감으로 가득했습니다.

"…………."

가장 안쪽.

많은 꽃이 피어 있는 방도, 그 중앙에 놓여 있는 커다란 관도, 마치 꿈에서 본 것을 그대로 따라 한 것처럼, 똑같았습니다.

저는 거기에 이르렀을 때 변신 마법을 풀고서, 관을 열었습니다.

『와우. 엄청난 미인. 누구지? 아, 나인가.』

저는 관 안에서 잠든 여성의 뺨을 가차 없이 찰싹찰싹 때렸습니다.

『어이 이 자식 내 몸이라고. 조심스럽게 다뤄. 뭐야? 해보자는 거야? 으라차.』

제 얼굴 부근에서 주먹을 휘두르는 카롤리네 씨.

"외부에서의 자극이 있으면 바로 일어난다고 들었습니다만 전혀 일어나지를 않네요."

찰싹찰싹찰싹찰싹.

역시 1년 만이라 잘 깨어나지 못하는 걸까요?

『뽀뽀를 해주면 깨어나.』

찰싹!

저는 한층 더 힘껏 관 안에 있는 그녀의 뺨을 때렸습니다.

『아파!』

그녀의 비명.

직후.

반투명한 그녀의 모습이 사라졌습니다. 조금 뜨거워진 손바닥 끝, 관 안의 그녀에게 시선을 내리자 "……으음" 하고 눈부신 듯이, 천천히 눈을 뜨기 시작했습니다.

성공인가 봅니다.

"방금 그 소리는 뭐야!"

그러나 조금 지나쳤나 봅니다.

카롤리네 씨의 뺨을 있는 힘껏 때린 소리에 반응해서, 병사가 가장 안쪽 방까지 와버렸습니다.

병사는 몹시 놀라겠지요.

꽃으로 둘러싸인 관 앞에는, 낯선 마녀가 한 명.

그리고 관 안에서 몸을 일으킨 마녀가 한 명, 있었으니까요.

"뭐── 네놈! 누구……냐? 카롤리네 님? 깨어나신 겁니까? 카롤리네 님!"

카롤리네 씨의 말에 따르면 사고력이 현저히 낮은 병사 중 한 명이 낯선 침입자가 관 앞에 있는 것보다도, 관 안에서 그녀가 깨어난 것에 놀라고 있었습니다.

"1년 만에 말이야."

태연한 얼굴로 카롤리네 씨는 "영차" 하고 관에서 일어나더니, 자신의 뺨을 누르면서 병사 쪽으로 걸어갔습니다.

"저기, 카롤리네 님, 이건 대체──."

갑작스러운 일에 상황을 이해하지 못하는 병사님.

서슴없이 그에게 다가간 카롤리네 씨는 그 후, 그의 눈앞에 서서 손을 내밀었습니다.

그리고 한 마디.

"결정 시계."

"네?"

"결정 시계. 갖고 있지? 내놔 봐."

"네? 아, 네, 네……."

당황하면서 병사님은 주머니에서 결정 시계를 꺼냈습니다.

"고마워."

카롤리네 씨는 그리고, 병사님에게서 결정 시계를 받아 들더니, 직후에 자신의 지팡이를 꺼내서 마법으로 부쉈습니다.

채앵, 하고.

"……앗?"

망설임 없이, 가차 없이 산산이 부쉈습니다.

박살이 난 결정이 그녀의 손가락 사이로 떨어져 내렸습니다.

『――깨어나야만 해.』

카롤리네 씨는.

저에게 두 가지 부탁을 하는 도중에, 이야기해주었습니다.

『이 나라 사람은 모두, 깨어나야만 해.』

그녀 자신도, 그리고 달빛의 이힐리어스에 사는 모든 사람들도, 다 같이 깨어나야만 한다고.

그래서 그녀는 제게 부탁을 두 개 했습니다.

첫 번째 부탁은, 그녀를 깨우는 것.

그리고 두 번째 부탁은.

왕성에 있는 결정석.

그것을 파괴하는 것.

"갈까? 일레이나 씨."

그녀는 돌아보며 대담하게 웃었습니다.

그 모습은 정말이지 동성이 보아도 매우 멋진 표정이었습니다만.

…………

뺨이, 새빨갰습니다.

"죄송합니다뺨괜찮은가요?"

"엄청 아파."

○

이야기는 1년 전으로 거슬러 올라갑니다.

마녀이자 모험가이자 발명가라는 잘 알 수 없는 직함을 가진 마녀 카롤리네 씨는, 모험 중에 찾아간 동굴에서 결정을 두 개 발견했습니다.

푸르스름한 결정과 금색 결정.

그 두 개에는 제각기 특징이 있었는데, 푸르스름한 결정은 수마를 빨아들여 마력으로 바꾸는 힘이 있었고, 금색 결정에는 마력을 축석하는 힘이 있었습니다.

상당히 특이한 성질에 그녀가 흥미를 느꼈으리라는 것은 말할 필요도 없을 테지요.

"이거 진짜 엄청나네."

그렇게 당시의 그녀는 생각했습니다.

"뭐가 엄청난 겁니까? 카롤리네 선생님."

이야기가 달라집니다만, 카롤리네 씨는 당시 왕국 전속 마녀이기도 했는지, 젊은 국왕에게 마법을 가르치는 교육계도 담당하고 있었다고 합니다.

"이걸 봐."

"이건…… 아름답네요."

아름다운 황금 결정에 넋을 잃은 국왕. 카롤리네 씨는.

"나랑 어느 쪽이 더 예뻐? 응?"

하고 일국의 왕을 상대로 짓궂게 장난을 쳤습니다.

"그, 그야 물론 카롤리네 선생님, 쪽이……."

"어이 어이 뭐야 부끄러운 소리 하지 마."

일국의 왕을 가차 없이 때리는 카롤리네 씨.

"죄, 죄송합니다……."

얼굴을 붉힌 국왕님. 젊은 왕인 그에게 카롤리네 씨라는 마녀는 동경하는 사람이기도 했고 좋은 친구이기도 했습니다.

즉, 카롤리네 씨는 마녀이자 모험가이자 왕국 전속이자 국왕의 좋은 친구라는 직함이 너무 많아서 뭐가 뭔지 모르겠는 인물이라는 것이로군요.

"그런데 나 모험을 하느라 어깨가 좀 뭉쳤어. 주물러줘."

그리고 동시에 국왕을 턱짓으로 부릴 수 있는 유일한 인간이기도 했습니다.

어깨가 뭉친 건 짊어지고 있는 직함이 너무 많기 때문이 아닐까 하는 생각이 안 드는 것도 아니었습니다만, 그것은 제쳐두고. 그녀는 가지고 돌아온 신기한 결정 두 개를 연구했습니다.

그녀는 시험 삼아 두 개의 결정 옆에서 수면 마법을 써보았습니다.

잠들 수 있었습니다. 눈을 뜨자 평소보다 강한 마력이 넘쳐났습니다.

"──즉, 이 결정 두 개를 각각 이용한 시계를 쓰면 사람들은 수면시간을 짧게 할 수 있는 거야."

졸음을 빨아들이는 푸르스름한 결정의 성질과 마력을 부여해주는 금색 결정의 성질을 이용해서, 그녀는 결정 시계를 만들었고, 국왕에게 보여주었습니다.

수면을 나쁘다고 여기는 것은 아니지만, 결정 시계를 이용하면 사람은 더욱 시간을 자유롭게 쓸 수 있습니다.

그렇게 믿었던 것입니다.

"멋진 발명입니다! 바로 이걸 나라에 퍼뜨리죠!"

국왕님은 그녀의 발명에 몹시 기뻐했습니다.

그녀가 만들어낸 결정 시계는, 처음엔 국왕부터 상류층 사람에게 배포되었습니다. 부유층 사람들은 잘 시간을 자유롭게 정할 수 있는 결정 시계에 몹시 기뻐했습니다.

그러나 결정 시계는 완벽한 물건이 아니었습니다.

"하루밖에 기능이 유지되지 않는 건 생각해봐야겠네……."

결정 시계는 마력을 이용해서 기능하고, 수면 마법을 하얀 빛 덩어리로 내보내도록 만들어졌습니다만, 이 기능은 결정 두 개의 힘을 가졌어도 꼬박 하루밖에 유지되지 않았던 것입니다. 하루가 지난 다음 또 푸르스름한 결정으로 수마를 빨아들이고 금색 결정에 마력을 저장해야만 했고, 그 결과 며칠간 기다리지 않으면 쓸 수 없다고 하는 난점이 있었습니다.

즉, 단순한 마력 부족입니다.

그러나 이 문제는 국왕님의 협력으로 간단히 해결할 수 있었습니다.

"카롤리네 선생님, 이걸 봐주세요! 거대한 결정석을 채굴했습니다!"

국왕님은 재력을 사용하여 마력을 영속적으로 얻을 수 있는 결정석을 왕성에 배치했던 것입니다.

"진짜? 제법이네."

그리하여 거대한 결정석에서 마력을 얻음으로써 결정 시계를 영속적으로 사용하는 것이 가능해졌습니다.

마력이 떨어지는 문제가 해결되자, 국왕님과 카롤리네 씨는 결정 시계의 양산에 나섰습니다. 국왕님의 지시로 병사들이 동굴에서 결정을 채굴하고, 그리고 카롤리네 씨가 결정 시계를 만들고, 또 채굴한다.

그런 날들이 이어졌습니다.

그녀는 그런 하루하루에 무척 만족했습니다.

이 나라의 모든 사람이 살아가는 시간 전부를 자유롭게 정해서 쓸 수 있게 되면, 분명 멋진 미래가 되리라고 그녀는 믿어 의심치 않았던 것입니다.

그리하여 그녀가 만들어낸 결정 시계는 나라 사람들에게 널리 퍼지게 되었습니다.

이리하여 그녀의 바람대로, 달빛의 이힐리어스 사람들은 지금보다도 풍요롭게 살 수 있을 터였습니다.

그런데.

"보고드립니다."

일반 시민에게 전부 배포되었을 무렵에, 결정 시계에 한 가지 중대한 결함이 있다는 사실이 판명되었습니다.

보고하러 온 가신은 국왕님과 카롤리네 씨에게 담담하게 사실만을 전했습니다.

"결정 시계를 살인에 이용하려 한 자가 나타났습니다. 다행히도 미수로 끝났습니다만……."

당시엔 아직 결정 시계에 통화로서의 역할은 없었고, 누구나 제한 없이 수면시간을 이용할 수 있었습니다.

그런고로 결정 시계의 성질을 이용해 타인에게 수백 시간이나 되는 수면을 취하게 해 죽여버리려는 악인이 나타난 것입니다.

언제 어느 시대에나 편리한 것을 악용하려 하는 자는 존재하는 법이로군요.

"……어리석은 놈."

악의를 가진 인간에게 카롤리네 씨는 매우 상처 입었고, 분노를 느꼈습니다.

그러나.

"사건에서 기묘한 점은 피해자의 존재입니다."

가신은 국왕에게 담담하게 이야기했습니다.

"국왕님. 이 사건의 피해자는 일주일이나 되는 시간 동안 계속 잠들어 있었는데, 어깨를 치자 간단히 일어났다고 합니다."

피해자는 죽지 않았습니다.

가신이 말하길, 일어난 피해자의 몸은 건강 그 자체였다고 합니다.

오히려 너무 기운이 넘칠 정도였다고도 보고되었습니다.

보통 사람에게는 일어날 수 없는 일이 일어났습니다. 마치 몸이 인간이 아닌 것이 되어버린 것 같았습니다.

기묘한 보고를 듣고서 카롤리네 씨는 결정 시계를 다시 조사했습니다.

"대체 어떻게 된 거야……?"

그녀가 만들어낸 결정 시계는 그녀가 처음 만들어냈던 때보다도 방대한 마력을 가지게 되어 있었습니다.

나라에 금색 결정이 대량으로 반입되면서 결정석은 과잉일 정도로 마력을 축적하고, 인간의 몸에 전달하게 되어버렸던 모양입니다. 그 결과, 카롤리네 씨가 상상했던 이상의, 이변이라고도 생각할 수 있는 효과를 발휘하게 되어버렸던 것입니다.

"…………."

카롤리네 씨는 두 개의 결정을 나라에서 없애기로 했습니다.

결정 시계는 편리한 발명이었습니다. 그러나 사람에게는 아직 너무 이른 물건이었던 것입니다. 그래서, 그녀는 우선 왕성 위에 있는 황금의 결정석을 파괴하려 했습니다.

하지만.

"카롤리네 선생님. 어디 가십니까?"

빗자루에 올라탄 직후.

그녀의 몸이 휘청하고 흔들렸고 땅에 떨어졌습니다. 갑작스러운 상황에 영문도 모른 채 돌아보자, 가신들과 함께 국왕이 그녀를 내려다보고 있었습니다.

그리고 그녀의 몸으로, 끊임없이 하얀 구슬이 쏟아졌습니다.

지팡이를 쥐는 것조차 불가능할 만큼, 그녀의 의식은 멀어져갔습니다.

가신의 기묘한 보고를 듣고서 국왕님도 카롤리네 씨와 마찬가지로 조사를 했던 겁니다. 그리고 그들은 결정 시계가 장수의 가능성을 감추고 있다는 것을 눈치챘습니다.

이렇게나 편리한 것을 독점하지 않을 도리는 없습니다.

"멋진 발명을 해주어 감사합니다. 카롤리네 선생님."

국왕님은 방긋 웃었습니다.

그 눈은, 그녀가 가지고 돌아온 결정을 아름답다고 말했던 국왕님의 눈과는 다른 사람처럼 달라져 있었습니다.

공허하고, 어두운 눈동자입니다.

그녀가 만들어낸 결정 시계는, 그녀가 처음 만들어냈던 때보다도 방대한 마력을 가지게 되어 있었습니다.

국왕을 비롯한 부유층 사람들은 이미 결정 시계의 노예가 되어 있었던 것입니다.

흐려지는 시야로 올려다본 그들의 얼굴은, 이전과는 전혀 다른 사람처럼 보였습니다.

마치 결정 시계에 조종당하고 있는 것처럼.

"……어리석은 놈들."

의식을 잃기 직전, 겨우 입에서 나온 말은, 누구의 귀에도 닿지 않았습니다.

그리고서 그녀는 계속 잠들었습니다.

옛날이야기에서 나왔던 것처럼, 그녀의 몸은 왕성 지하에 봉인되었고, 관 안에서 여전히 잠들어 있고, 살아 있었습니다.

얄궂게도 폭주한 결정 시계의 은혜를 그녀는 가장 많이 받고 있었던 것입니다.

『이상한 마력 공급은 이 나라의 온갖 부분을 망가뜨렸어. 먼저 결정 시계를 쓰기 시작한 부유층부터 순서대로 사람들은 정상적인 판단력을 잃고, 마법사들은 이상한 힘을 손에 넣고, 그리고 오래 잠들어 있는 나는 실체가 없는 이런 몸까지 손에 넣었지.』

지나친 마력은 상정 외의 이변을 불러왔습니다.

그녀가 말하길, 이 나라의 사람들은 너무나도 짙은 마력에 노출되어 조금씩 이상해지고 있다고 합니다.

대화는 성립됩니다.

겉모습은 아무런 변화도 없습니다.

하지만 이 나라 사람들은 어딘가 평범과는 거리가 있는 곳까지 와버리고 말았다고, 그녀는 말했습니다.

『결정 시계는 사람들에게서 잠만이 아니라 사리를 판단하는 힘조차 빼앗고 말았어. 지금 이 나라에 있는 것은 보이지 않는 실에 매달린 꼭두각시야.』

명확한 의식을 갖지 못한 채, 단상에서 춤추게 조종되고 있을 뿐인 꼭두각시.

사람들은 결정 시계의 노예가 되고, 결정 시계 없이는 살아갈 수 없게 되고, 지금에 이르러 이 나라에는 이상한 일이 너무 많아졌다고 합니다.

반투명한 인간이 말하니 설득력이 현격하게 다르군요.

『그런고로, 너한테는 이 나라를 꿈에서 깨우는 걸 도와줬으면 해.』

자고 있는 그녀의 몸을 두드려 깨우고.

그리고 이 나라를 원래대로 되돌리기 위해 결정석을 부수고 다녀달라고, 그녀는 다시 한번 말했습니다.

"…………."

대답하기 전에.

저는 만약을 위해 물었습니다.

"거절하면 어떻게 되나요?"

그녀는 대담하게 웃었습니다.

『그야 뻔하잖아. 계속 나온다.』

○

"카, 카롤리네 님? 저기, 뭘 하시———"

챙강.

"뭘 하시는 겁니까? 카롤리네 님! 결정 시계를 부수다니———."

챙강.

"어이! 이 녀석은 진짜로 카롤리네 님인 거야? 결정 시계를 부수는 게———."

챙강. 챙강. 챙강. 챙강.

"이 자식 분명 가짜야! 모두! 해치———아아아아아아 내 결정 시계가!"

챙강. 챙강. 챙강. 챙강. 챙강. 챙강. 챙강. 챙강.

그녀와 저는 달려드는 병사들에게서 결정 시계를 빼앗고, 마법으로 산산조각을 내면서 왕성 안을 나아갔습니다.

『이 나라의 인간은 결정에 매료되어 있어.』

결정 시계를 만들어 낸 카롤리네 씨는 국왕의 손에 의해 잠들기 직전에 어떤 결론에 다다랐습니다.

하나는 결정에는 중독 증상이 있다는 것.

또 하나는, 왕성에 설치된 거대한 결정석이 중독 증상을 조장하고 있다는 것. 결과적으로 이 나라 사람들은 오랫동안 사고를 결정 시계에 지배당하고 있었던 것입니다.

"결정 시계를 모조리 부수고 다녀. 병사들은 결정 시계를 파괴당하면 한동안은 아무것도 못 해."

카롤리네 씨는 달려드는 병사들에게서 결정 시계를 빼앗아 서늘한 얼굴로 파괴하면서 제게 말했습니다.

황금과 푸르스름한 빛이 그녀의 손에서 흩어졌습니다.

결정 시계를 잃은 병사들은 마치 실이 끊어진 것처럼 차례차례 쓰러져 갔습니다.

기이하게도 그것은 마치 시간으로부터 해방된 것처럼도 보였습니다.

"과연."

저도 그녀를 따라서 병사들의 결정 시계를 부수었습니다.

"에잇!" 닥쳐드는 창을 피하면서 스치는 순간 부수고.

"얍!" 쏟아져 내리는 검을 피하면서 부수고.

"으랏차!" 화살이 날아오는 곳을 눈으로 좇아 마법으로 부쉈습니다.

그러나.

"착란을 일으키신 겁니까? 카롤리네 님!" "네놈이 카롤리네 님에게 뭔가 불어넣은 거지?" "결정 시계를 부수다니 무슨 생각이십니까!"

병사들은 카롤리네 님과 제게 무기를 들이댔습니다.

결정 시계를 만들어낸 장본인이라 해도, 그들에게서 결정 시계를 빼앗는 자는 적인가 봅니다. 어째서 빼앗는가. 어째서 부수는가. 그런 것은 그들에게 있어서 어찌 되든 상관없는 일이었습니다.

귀중한 시계를 빼앗은 자는 그 누구라 해도 용서할 수 없는 것입니다.

그것은 왕성을 경비하고 있던 마법사들도 마찬가지.

그들은 여기저기에서 잇따라 솟아 나와서, 저와 카롤리네 씨에게 덤벼들었습니다.

"…………윽!"

아무리 마녀라고 해도 숫자의 폭력 앞에서는 주춤하게 됩니다.

계속해서 병사들은 저에게 무기를 겨누고, 허둥지둥 제가 빗자루를 타고 공중으로 도망가면 이번에는 마법사들이 숨을 돌릴 틈도 없이 마법을 쏘아댔습니다. 불도 물도 바람도 화살도 검도 도끼도 벼락도, 사방팔방에서 온갖 공격이 비처럼 제게 쏟아져 들었던 것입니다.

"다 함께 저 마녀를 쓰러뜨리자!" "정의는 우리에게 있다!" "배신자와 잿빛 머리카락의 마녀를 쓰러뜨리는 거야!"

한심하게도 저는 방어전에 전념했습니다.

결정 시계를 파괴하기는커녕, 저는 그들에게 지팡이를 겨누는 것도 하지 못했습니다. 샹들리에에 닿을 정도의 높이와 대리석이 깔린 바닥 사이를 이리저리 오가며 방황하듯이 빗자루를 조종하면서 저는 지팡이를 휘두를 뿐.

공격에 나설 만한 여유가 없었기 때문이기도 하지만, 그러나, 그것보다도.

"망설임이 보이네."

달그락.

제 빗자루가, 굴렀습니다.

깨닫고 보니 저는 빗자루에서 내려와 있었고, 제 어깨를 카롤리네 씨가 안고 있었습니다. 아무래도 도망 다니기만 했던 저를 억지로 멈춘 모양이었습니다. 주인을 갑자기 잃은 제 빗자루가 대리석 위를 굴러갔습니다.

끝없이 제게 날아드는 수많은 마법을, 그녀는 쳐냈습니다.

"네가 무얼 망설이고 있는지는 모르겠지만, 사양할 필요는 없어. 그들은 내가 만든 결정 시계와 왕성의 결정석에 조종당하고 있을 뿐이야."

시선을 기울이자, 에메랄드 그린의 눈동자가 저를 보고 있었습니다.

마치 연약한 여자아이 같은 취급이로군요.

그녀에게는 주저라는 것이 없었습니다.

시선을 주위로 돌리면, 의식을 잃고 쓰러진 병사와 마법사들이 여기저기 굴러다녔습니다.

"크읏……! 다들! 겁먹지 마라! 어떻게 해서든 쓰러뜨려!"

그리고 동료가 쓰러진 것에 분개하는 살아남은 병사들.

카롤리네 씨는 그 모습을 냉담하게 바라보고.

"…………."

이윽고 그녀는 제 어깨에서 손을 떼더니 소리쳐 위협하는 병사들 사이로 유유히 걸어갔습니다.

그리고 그녀는 중얼거렸습니다.

"이 세상에서 가장 불쌍한 건, 자기 자신이 옳다고 믿어 의심치 않는 거야."

그것은 누구를 향해 던져진 말이었을까요.

그녀가 휘두르는 지팡이는 병사들의 결정 시계를 하나하나 산산이 부수어갔습니다. 파직 파직 하고 결정 두 개가 불꽃처럼 흩어졌습니다.

"그리고 가장 불행한 건, 속죄의 기회가 주어지지 않는 거야."

그것은 마치 자기 자신의 행동을, 자기 자신이 만들어낸 것을 스스로 거부하고 있는 것처럼 보였습니다.

그녀는 분명 과거 자신의 실수를 바로잡고 싶은 것입니다.

설령 지금의 국민이 그것을 받아들이지 않는다 해도.

"…………."

분명 지금부터 저와 그녀가 하려 하는 일은, 이 나라에 있어 매우 좋지 않은 일일 테지요.

어디보다도 발전한 이 나라의 기술을 되돌리는 지독한 짓을 저희는 하려 하고 있습니다. 분명 저희를 포위한 그들에게 있어, 저희만큼의 악인은 없을 테지요.

분명 지금의 저희는 이 나라에서 가장 잘못된 2인조일 겁니다.

저는 총총걸음으로 제 빗자루를 주워 들고 먼지를 탁탁 털어내고서, 그녀가 걸어간 길을 따라갔습니다.

"죄송합니다. 잠깐 생각을 좀 하느라."

"이런 상황에 생각이라니, 꽤 여유롭네."

어이 어이 하고 카롤리네 씨는 저를 팔꿈치로 쿡쿡 찔렀습니다. 그리고서.

"그래서, 이제 괜찮아?"

하고 물었습니다.

저는 대답 대신에 지팡이를 휘둘러 결정 시계만을 정확하게 겨냥해서 마법을 날렸습니다. 결정 파편이 주변에 퍼졌습니다.

저희는 그렇게 왕성 안을 돌파했습니다.

왕성의 정점, 눈부신 금색으로 빛나는 결정석을 목표로 우리는 여기저기서 넘쳐나듯 나타나는 마법사들과 병사들과 대치했습니다.

저는 계속해서 나쁜 마법사 자식이라며 욕을 듣고 있었습니다.

카롤리네 씨는 계속해서 배신자 자식이라고 힐문 당했습니다.

그래도 저희의 걸음이 멈추는 일은 없었고, 여전히 저희 주변에는 산산이 부서진 결정 시계 파편이 굴러다니고 있었습니다.

"결정석은 대체 어디에 있는 겁니까?"

부서져서 옷에 달라붙은 결정 파편을 떨어내면서 저는 물었습니다.

이 결정 하나하나가 마력을 담고 있다고 하는 이야기도, 잠기운을 빼앗는다고 하는 이야기도 거짓 없는 사실일 테지요. 지금 저는 졸리지도 않고 마력이 다할 것 같은 느낌조차 없었습니다.

아무리 지팡이를 휘둘러도, 마법을 날려도, 힘이 얼마든지 솟아 나왔습니다.

"이쪽이다."

망설임 없는 그녀의 발걸음은, 이윽고 결정석이 있는 곳으로, 왕성의 정점에, 다다랐습니다.

문을 열자, 거기에는 한층 더 빛나는 눈부신 금색의 빛.

"너무하지 않습니까? 카롤리네 선생님."

그리고 투박한 수염을 기른 남성이 한 명.

지팡이를 손에 들고, 결정석을 지키듯이 저희 앞을 가로막고 섰습니다. 슬픔에 눈을 내리뜬 그의 얼굴, 그 얼굴을 저는 본 적이 있었습니다.

이 나라에 온 직후. 인형극 단상에서 춤추고 있던 수염으로 덥수룩했던 분.

국왕님이었습니다.

"수염이 안 어울리네."

실로 1년 만의 재회에 카롤리네 씨는 코웃음을 쳤습니다. 줄곧 잠들어 있던 그녀에게 있어 1년 따위는 얼마 전의 일이었던 것일 테지요. 그녀는 향수에 잠기는 일 없이, 국왕님을 바라보았습니다.

"어째서 본인이 만든 결정 시계를 부수는 겁니까? 이 결정석까지 부술 셈입니까?"

역광 속에서 이쪽을 바라보는 그의 눈에 우리는 전혀 비치지 않고 있는 듯 보였습니다.

감정은 없고, 그는 만들어진 것처럼 말을 늘어놓았습니다.

"너무하지 않습니까? 카롤리네 선생님."

고장 난 것처럼 같은 말을 늘어놓습니다.

"어째서 내가 그걸 부수려 하는지 모르는 건가."

"모르겠습니다."

"그렇겠지."

카롤리네 씨는 탄식하면서, 한 걸음 내디뎠습니다.

──결정 시계는 사람들에게서 사리를 판단하는 힘조차 빼앗고 말았어. 지금 이 나라에 있는 것은 보이지 않는 실에 매달린 꼭두각시야.

오랫동안 거대한 결정 바로 아래서 살아온 지금 그들의 의식은 마치 꿈속.

말은 통해도, 사리를 판단할 힘은 갖고 있지 않습니다. 본능이 이끄는 대로 그들은 말을 하고, 그리고 움직였습니다.

그러나 이 나라 국왕님의 본능이랄까, 행동력이라는 것은 매우 성가시기 그지없었습니다.

시험 삼아 제가 대화 도중에 "에잇" 하고 몰래 불덩어리를 날려보아도.

"이제 그만두세요. 카롤리네 선생님! 저는 당신과 싸우고 싶지 않습니다!"

그런 불덩어리보다도 뜨거운 대사를 뱉으면서 지팡이로 깔끔하게 제 마법을 튕겨내, 어둠 속으로 날려버렸습니다.

어? 비교적 강한 마법이었습니다만? 하고 고개를 갸웃거리면서도 이번에는 "으라차" 하고 전격을 날려보니.

"잠든 채 있어 줬다면 줄곧 함께할 수 있었는데!"

그런 말을 하면서 전격을 튕겨내 밤하늘로 날려버렸습니다. 저와 카롤리네 씨 두 사람이 그의 일련의 행동과 약간 마음이 병든 듯 여겨지는 말에 충격을 받은 것은 말할 필요도 없었고.

결과적으로 아연실색한 저희는 그에게 반격의 기회를 주고 말았습니다.

"봐주십시오. 카롤리네 선생님! 저는 당신 덕분에 이렇게나 마법을 잘하게 되었습니다!"

지팡이를 휘두르고, 그는 쉼 없이 마력 덩어리를 날렸습니다. 눈 부신 빛이 여기저기에서 저희를 향해 덮쳐들었습니다. 하나, 또 하나, 주의해 피하면서, 때로는 마법으로 맞부딪혀 없애거나 하며, 저는 반격의 기회를 엿보았습니다. 결정 시계를 정확하게 겨냥해서 마법을 날릴 만한 여유는 없었고, 그의 공격을 막고 피할 때마다 발밑의 지면이 패이고, 벽이 무너지고, 폭음이 울려 퍼졌습니다. 맞으면 잠시도 버티지 못할 테지요.

가차 없는 공격 사이에 힐끗 카롤리네 씨의 모습을 살펴보니, 그녀도 역시 저와 마찬가지로 하나하나 피하면서.

"못 본 새 훌륭해졌네……."

그런 말을 곱씹듯이 지껄이고 있었습니다.

"감동하고 있을 때입니까?"

어떡할 겁니까? 반격할 여유가 없습니다.

"아마도 등 뒤의 결정석에서 마력을 빨아들이고 있을 테지. 지금 녀석한테는 무한한 마력이 있다고 보면 될 거야."

"그런 것 같습니다."

공격은 계속해서 저희 발아래의 땅을 파냈습니다. 이곳이 무너지면 공중전이 될 테지만, 그전에 지금까지 대치했던 병사들에게 피해가 미칠 가능성이 있습니다.

가능한 한 서둘러 결판을 내는 것이 좋을 테지요.

"…………."

그렇다면, 일국의 왕이라 해도 부상을 입힐 각오로 다소 무모한 짓을 해서라도 그의 공격을 멈출 수밖에 없습니다.

아마도, 카롤리네 씨도 또한 저와 같은 결론에 이르렀을 테지요.

"으랏차!"

그녀가 지팡이를 휘두르자, 직후에 국왕의 몸을 향해 패인 파편들이 날아들었습니다. 돌멩이만 한 크기부터 바위만 한 커다란 파편까지, 크고 작은 다양한 파편이 그의 자세를 무너뜨렸습니다.

지금밖에 없다고 생각했습니다.

한순간의 틈을 찔러 저는 그의 결정 시계를 마법으로 파괴했습니다. 바스스 부서지자, 실이 끊어진 것처럼, 그는 그 자리에 쓰러졌습니다.

작은 돌투성이인 지면 위에 그는 웅크렸습니다.

그리고, 의식을 잃기 직전

"——너무하지 않습니까? 카롤리네 선생님."

그는 공허한 눈동자로 카롤리네 씨를 올려다보면서, 중얼거렸습니다.

"그러게."

담담하게 고개를 끄덕이는 카롤리네 씨.

그녀는 그의 곁으로 다가가 쪼그려 앉더니 쓰러진 그의 머리카락을 그리운 듯 다정하게 쓰다듬었습니다.

그리고, 작은 돌이 후두둑 손 사이로 떨어지는 중에, 그녀는 이미 의식이 없는 그를 향해서 조용하게 중얼거렸습니다.

"그러니까 속죄하기 위해 여기에 온 거야."

카롤리네 씨가 시작한 **나쁜 일**을 끝내기 위해, 저는 결정석을 마법으로 들어 올렸습니다.

지팡이를 조작해서 공중으로 띄우자, 마치 목숨을 구걸이라도 하듯이 결정석에서 터무니없을 정도의 마력이 제 앞으로 흘러들었습니다.

단 한순간, 무엇이든 할 수 있을 것만 같은 만능감에 사로잡혔습니다.

이 돌을 제대로 쓸 수 있다면, 얼마나 눈부신 미래가 기다리고 있을까요. 여기서 파괴하는 것은 아깝지 않은가—— 그런 걸, 단 한순간, 생각하고 말았습니다.

하지만 이런 건, 저 같은 여행자에게는 무용지물.

짐이 되는 데도 정도가 있습니다.

"에잇."

그래서 저는 지팡이를 휘둘러, 이 나라의 밤하늘을 향해서 날려버렸습니다.

©Azure

지금 받은 마력을 전부 지팡이에 담아서, 날렸습니다. 공중에서 빙글빙글 돌고 있는 눈부신 금색 결정석에 이끌리듯, 푸르스름한 빛이 하늘로 올라갑니다.

그리고 두 개의 빛은, 밤하늘 속에서 겹쳐지고, 튕겨 나갔습니다. 마력에 부딪혀 결정석은 공중에서 산산이 부서졌고, 사방팔방으로 파편이 날아갔습니다.

눈가루처럼 천천히, 온 마을로 금색 불빛이 쏟아져 내렸습니다.

사람들을 꿈 같은 세계에 가두어왔던 결정석이 마지막으로 보여준 것은, 그런 환상적인 밤이었습니다.

저는 빛으로 넘치는 거리에 눈을 가늘게 떴습니다.

그것은 매우 눈부신 밤이었습니다.

잠들 수 없을 만큼.

잊을 수 없을 만큼.

"아름다워……."

저는 중얼거렸고.

그리고, 등 너머에서 아주 똑같은 말이 중얼거려졌습니다.

뒤돌아보니, 결정이 쏟아지는 밤하늘에 넋을 잃은 국왕님이 있었습니다. 언제 **깨어난** 것일까요. 그 눈은 순진무구한 어린아이처럼, 빛나고 있었습니다.

그리고 그 눈은, 제 옆의 카롤리네 씨에게 쏟아지고 있었습니다.

1년 만의 재회입니다.

그녀는 가볍게 웃으면서, 그에게 말했습니다.

"나랑 어느 쪽이 더 예뻐?"

○

　며칠 후.

　왕성에 있었던 결정석을 잃으면서 카롤리네 씨가 만든 결정 시계에는 마력 과잉 공급이 끊겼고, 그녀가 만들어냈던 당시처럼 하루 쓰면 기능이 정지되는 불편한 물건으로 돌아갔습니다.

　국왕님은 카롤리네 씨에게 사정을 전부 듣고서, 마을 사람들에게서 결정 시계를 회수하도록 병사들에게 명령했습니다.

　그리고서 1년 전에 잘못된 판단을 내리고, 그 결과 지금까지 마을 사람들의 자유를 빼앗은 것을 사과했습니다. 그러나 마을에서는 어리둥절한 반응만 나왔습니다.

　애초에 국왕님이 무얼 사과하고 있는지 이해할 수 없었던 것입니다.

　결정 시계가 마력을 잃은 것과 동시에, 그들은 1년간의 일 중 대부분을 잊어버리고 말았던 것입니다.

　어떤 사람은 1년간 하루하루 어슴푸레한 꿈을 꾸고 있는 것 같았다고 말했습니다.

　어떤 사람은 무슨 일이 있었는지 전혀 모르겠다며 당혹스러워했습니다.

　그들 안에서 결정 시계에 의존했던 1년간의 일들은 꿈 그 자체였고, 모든 것이 흐릿하고 애매모호. 단편적으로 기억하는 것은 있지만, 명확하게 기억할 수 있을 만큼 머리가 움직이고 있던 것은 아니었을 테지요.

이 공백의 1년 중에, 선명하게 기억에 새겨져 있는 것은 단 하나뿐.

아름다운 금색 빛들이 쏟아져 내리던 밤의 일 만큼은, 그들 누구나가 선명하게 기억하고 있었습니다.

"——곤란하네. 속죄하려고 해도 국민 대부분이 내가 한 짓을 기억하지 못하나 봐."

푸른 하늘을 멍하니 바라보면서 카롤리네 씨는 말했습니다.

"그래도 1년 전의 일을 없었던 셈 칠 생각은 없지만."

1년간의 일을 한창 정리 중인 그녀의 표정은 당연하게도 어딘가 모르게 지쳐 있었고, 그러나 어딘가 충실한 듯도 보였습니다.

나라의 백성에게 1년간의 공백 기간을 만들어버린 죗값을 치르기 위해, 카롤리네 씨는 이번 건의 뒤처리가 끝난 후에 왕국 전속 마녀를 그만둔다고 합니다.

이번의 일의 책임을 지는 것은 당연했고, 지워버릴 마음도, 감출 마음도 당연히 없다고 그녀는 말했습니다.

1년이나 되는 공백 기간을 만들어버린 사후 처리가 언제 끝날지는 모르겠지만——.

"분명 앞으로 이 나라는 아무런 특징도 없는 평범한 나라가 되겠지."

잊을 수 없는 밤 같은 건 분명 앞으로는 찾아오는 일 없고, 특수한 통화가 유통되는 것도 아니고, 나라 사람들의 모습도 다른 나라와 무엇 하나 다르지 않은, 평범한 나라로 돌아가겠지 하고 그녀는 말했습니다.

이 나라에 앞으로 찾아올 많은 사람에게는 기억에 아무것도 남지 않는 나라가 될지도 모릅니다.

"슬픈가요?"

"그렇게 보여?"

"아뇨 전혀."

거리를 바라보는 그녀의 눈동자는 눈부시다는 듯 가늘어졌습니다.

그녀의 시선 끝에는 거리의 흔한 정경이 있었습니다.

결정석 같은 게 없어도, 끝을 모를 마력이 흘러넘치지 않아도, 눈부신 것은 눈부신 것입니다.

햇볕이 쏟아지는 큰길. 사람들이 웃음꽃을 피우며 길을 걷고 있습니다. 마을 곳곳에서 맛있는 냄새가 감돌았습니다.

하얀 건물들은 그런 주민들을 지켜보듯 길 양옆에 늘어서 있었고, 창가 화분에 핀 꽃은 가을바람에 살랑살랑 시원하게 흔들리고 있었습니다.

그것은 어디에나 흔히 있는, 매우 평범한 광경. 분명 나라를 나가버리면 잊어버리고 말 정도의, 흔하디흔한 광경이었습니다.

하지만.

저는 옆의 카롤리네 씨와 마찬가지로 눈을 가늘게 뜨면서, 말했습니다.

"──아름답네요."

아주 아주.

마치 꿈처럼.

후기

언제나 언제나 마감에 쫓기는 시라이시 죠우기는 끝나지 않는 마감의 연쇄를 끊어낼(도망칠) 비책을 생각했다.

과거에 냈던 쇼트 스토리를 모은 책을 내면…… 괜찮지 않을까?

그러면 마감에 여유가 생기고, 게다가 과거의 쇼트 스토리를 읽고 싶다는 요청에도 답할 수 있어!! 좋은 생각이야! 부탁해! 해줘! 15권까지의 사이에 그런 걸 한 번 끼워 넣어보자! 『마녀의 여행』 특별편 같은 느낌으로 말이야! 진짜로! 수요 있을 거야아아아!

시라이시 죠우기는 편집부에 울며 애원했다. 그런 생각할 틈이 있으면 원고를 해! 하고 지금 쓰면서 생각했습니다.

아무튼 편집부의 회답이 있었던 것은 며칠 후의 일이다.

편집 "쇼트 스토리집 기획, 통과됐습니다."

나 "정말입니까?! 그럼 15권 스케줄은 상당히 나중으로 미뤄지는 느낌이겠군요!"

편집 "아니, 쇼트 스토리집을 15권으로 해서 냅니다."

나 "……응? 아, 하지만 스케줄에는 여유가 있는…… 거죠?"

편집 "아뇨, 원래 예정에 끼워 넣는 것이 되기 때문에 쇼트 스토리집인 15권은 12월 발매됩니다."

나 "응???"

편집 "16권은 이전 15권 발매 일정에 맞춰 진행되어 지금보다 스케줄이 촉박해집니다."

나 "어째서?????"

편집 "그리고 아무래도 쇼트 스토리 모음만으로는 좀 그러니까 새로 쓴 내용도 추가됩니다."

나 "어라아???????????????????"

편해 보려던 결과 더욱 스케줄이 촉박해진 시라이시 쵸우기입니다. 대폭소였다.

설마 다음 권이 다다음 달이라니. 하지만 염원의 쇼트 스토리집이 드디어 실현되어 기쁩니다. 훨씬 전부터 "해보자!"라고 말했었거든! 그런고로 조금 이르지만 12월에 15권 나오니까 잘 부탁해!

그럼 각화 코멘트를 시작하겠습니다. 스포일러가 있으니 아직 본편을 읽지 않은 분은 그대로 돌아가 주십시오!

●제1장『비장의 이야기』

이 이야기는 이 권의 프롤로그적인 의미로 쓴 이야기입니다. 이 이야기의 시계열에 관해서는 여러 관점으로 해석할 수 있을 거라고 생각합니다.

●제2장『이야기의 나라』

사기꾼이 사기를 당하는 이야기였습니다. 여행자 레스토랑 설정을 쓰면서 "이 가게 점원분은 일이 편해서 좋겠다"라고 생각했습니다.

●제3장『단죄의 세나』

어차피 다른 녀석이 성실하게 일하니까 성실하게 일하지 않아

247

도 돼, 라는 생각의 결과 부패한 단죄인과 그래도 올곧게 노력하는 세나 씨의 이야기였습니다. 다른 이야기입니다만, 경찰 24시 같은 데서 경찰에 체포된 사람들이 "나한테만 뭐라고 하지 말라고!"라며 발끈하는 장면을 자주 봅니다만, "규율은 지키지 않으면서 어떻게 공평성은 주장할 수 있는 겁니까……?"라고 언제나 생각합니다.

●제4장『연기자들의 이야기』

일레이나 어머니와 프랑 선생님의 이야기랍니다. 하는 행동이 일레이나 씨와 같아서, 결국 여행자 레스토랑에서 나눈 대화는 아무리 시간이 지나도 변함이 없다는 서두와 이어집니다.

●제5장『둘만의 세계』

이상한 사람과 이상한 사람이 모이면 이상한 것이 정상이 되고, 두 사람의 세계 밖의 일들이 비정상이 된다라는 이야기였습니다. 음모론은 바보 같다며 웃어넘기는 사람이 있기에 비로소 성립되는 것입니다. 최근에는 자제하고 있습니다만, 역시『마녀의 여행』은 처음부터 온갖 장르의 이야기를 쓰고 싶어서 시작한 이야기인지라 앞으로도 이런 이야기를 계속할 셈입니다. 잘 부탁합니다!

●제6장『어리석은 자에게 피는 꽃』

저는 기본적으로 립서비스를 잘 못 합니다. 이야기하는 것은 대부분 진심에서 멀지 않은 마음인지라, 주변도 당연히 그러리라고 믿으며 살고 있습니다. 즉, 립서비스를 진심으로 받아들여서 평범하게 기뻐하는 쉬운 인간입니다. 하지만 사람을 의심하며 사는 것보다는 건전하지 않을까 생각합니다.

● 제7장 『달빛의 나라 이힐리어스』

이 권의 마무리적인 이야기가 됩니다.

길을 잘못 들었을 때 "미안, 틀렸어!" 하고 말할 수 있도록 인생을 걸어가고 싶습니다. 어른이 되면 아무래도 쓸데없는 자존심이 방해를 해서, 초등학생 때는 말할 수 있었던 "미안해!"를 말할 수 없게 되어버립니다……. 의견이 서로 달라서 험악한 분위기가 되어도 적당히 넘어가려 하는 자신을 깨달을 때마다 저는 나이 듦을 느껴서 슬퍼집니다(27세, 자영업).

그런고로 『마녀의 여행』 14권이었습니다.

그보다, 이번! 14권이 발매되는 10월 중순은 이미 애니메이션이 방송되고 있겠네요!

지금은 이런 시기이다 보니 적극적으로 수록에 참가할 수 없어서, 원격으로 대부분을 주고받고 있습니다만, 매번 매우 아름다운 영상과 엄청나게 호화로운 성우분들의 대단한 연기에 압도되고 있습니다.

PV를 볼 때 감동했고, 수록을 들을 때마다 감동했고, 주제가는 OP도 ED도 최고고, 매일이 행복합니다.

다음은 어떤 이야기가 될까, 다음은 어떤 식으로 표현될까, 하고 매일 가슴 설레며 하루하루를 보내고 있습니다. 아마도 여행을 하며 나라와 나라를 오가는 일레이나도 매일 이런 기분일지도 모릅니다.

애니메이션 본편 내용을 쓴 건 정말로 초기 중에서도 초기라, 그립다고 생각하면서 매번 즐겁게 보고 있습니다. 그리고 다음 권의 쇼트 스토리집 내용도 그립다고 생각하면서 하나하나 돌이켜보고 있습니다(사줘!).

애니메이션은 처음부터 마지막까지, 코미디도 시리어스도 따스한 이야기도 전부 아름답고 멋지고 최고이니, 부디 최종화까지 기대해주세요! 저도 매주 방송이 기대됩니다.

그런데 이 권은 '드라마 CD 포함 특별판'도 있었지요. 여전히 이쪽 이야기는 코미디 일색 & 성우분의 연기력에 마구 의지한 내용이었습니다만, 저는 이번에도 뒤에서 대폭소하면서 수록을 들었습니다. 부디 드라마 CD 모음집이나 드라마 CD 신작을 착착 해나가고 싶네요. 애니메이션도 영화도 하고 싶고요. 매일 하고 싶은 것들이 넘쳐나서, 지금은 매우 행복합니다. 이런 시간이 언제까지나 계속되면 좋겠다고 바랄 뿐입니다. 그야말로 꿈과 같은 날들이네요.

그런고로, 후기였습니다.

이번에는 감사드려야 할 상대가 너무 많기 때문에, 한꺼번에 감사 인사를 드리겠습니다.

『마녀의 여행』 원작, 코미컬라이즈, 드라마 CD, 관련 상품, 애니메이션에 함께해주신 여러분.

정말로 언제나 고맙습니다.

앞으로도 오랫동안 함께해주시기를 진심으로 바라고 있습니다.

그리고 독자 여러분.

언제나 응원해주서서 감사합니다. 앞으로도 잘 부탁드리고 또 잘 부탁드립니다!

MAJO NO TABITABI 14

Copyright ⓒ 2020 by Jougi Shiraishi
Illustrations Copyright ⓒ 2020 by Azure

All rights reserved
Original Japanese edition published in 2020 by SB Creative Corp.
Korean translation rights arranged with SB Creative Corp., Tokyo
through Eric Yang Agency Co., Seoul.
Korean translation rights ⓒ 2023 by Somy Media, Inc.

[마녀의 여행 14]

2023년 5월 15일 1판 1쇄 발행

저　　　　자	시라이시 죠우기
일 러 스 트	아즈루
옮 긴 이	이신
발 행 인	유재옥
본 부 장	조병권
담당편집	정영길
편 집 1 팀	김준균 김혜연
편 집 2 팀	정영길 조찬희 박치우 정지원
편 집 3 팀	오준영 이해빈 이소의
편 집 4 팀	전태영 박소연
미　　　술	김보라 박민솔
라이츠담당	김정미 맹미영 이윤서
디 지 털	박상섭 김지연
발 행 처	㈜소미미디어
인쇄제작처	코리아피앤피
등　　　록	제2015-000008호
주　　　소	서울 마포구 토정로 222, 403호(신수동, 한국출판콘텐츠센터)
판　　　매	㈜소미미디어
마 케 팅	한민지 최정연 박종욱 최원석
물　　　류	허석용
전　　　화	편집부 (070)4164-3962, 3963 기획실 (02)567-3388
	판매 및 마케팅 (070)4165-6888, Fax (02)322-7665

ISBN 979-11-384-1842-3
ISBN 979-11-5710-752-0 (세트)